KB109826

기독교의 역사적, 지리적 배경과 안내서

소아시아 **터키**에서
종교개혁지 **유럽**까지

기독교의 역사적, 지리적 배경과 안내서

소아시아 **터키**에서
종교개혁지 **유럽**까지

이 영 규 지음

ESSAY

머리말

　주님의 이름으로 문안드립니다. 더욱 감사한 것은 기회 있으면 여행할 수 있는 여건과 형편을 허락하심을 감사합니다.

　전공 분야도 아닌 제가 중동지역과 유럽지역의 역사와 종교, 문화에 관심을 가지게 된 것은, 30년 전(1980년경) 중동 건설 붐에 힘입어 쿠웨이트를 위시한 중동 지역과 유럽에서 장기간에 걸친 근무 경력이 난마처럼 얽힌 복잡한 중동 지역의 민족 간의 종교적인 갈등과 전쟁 그리고 종교개혁지, 유럽의 문화와 종교 전쟁을 보면서 좀 더 구체적으로 알고 싶었던 욕구가 글 쓰는 데 문외한인 저로서, 금번 2차에 걸쳐 집필할 수 있는 의욕을 자극하지 않았나 생각됩니다.

　2008년 '애급에서 가나안까지' 라는 제목으로 성지답사 기행문을 집필하여 가이드북으로 출간한 바 있으며, 이번에 터키를 중심으로 한 소아시아에서 로마까지, 바울의 전도여행 코스를 따라가며 체험한 지역과, 종교개혁지인 동유럽 지역을 중심으로 한 유럽 지역 순례코스를 담은 '소아시아(터키)에서 종교개혁지(유럽)까지'라는 제목 하에 두 번째 기행문을 출간하게 됨을 영광으로 생각하며 감사합니다.

터키 지역을 중심한 소아시아 지역은 성경에 나오는 구약 시대의 주요 무대일 뿐 아니라, 신약 시대의 고장들도 많이 산재해 있는데도 우리에게는 별로 알려져 있지 않습니다. 바울이 3차 전도여행의 본거지로 삼고, 베드로가 8년간 사역했던 안디옥, 요한의 무덤이 있고 바울이 두란노 서원을 운영했던 에베소, 요한이 감독했던 동방의 일곱 교회와 카파도키아 지역을 답사하면서 이 방대한 지역에 복음을 전파하기 위하여 고난과 핍박을 받으면서도 전도여행을 한 바울의 지칠 줄 모르는 열정과 복음정신에 그저 머리가 숙여질 따름입니다.

우리는 터키의 수도 앙카라에서 안탈리아 항까지는 6시간, 에베소까지는 7시간 거리를 성능 좋은 에어컨이 장착된 리무진 버스와 크루즈 호화판 여객선을 이용하여 바울이 로마에서 순교한 사도 바울 교회까지의 코스를 여행할 수 있었습니다.

종교개혁지 유럽을 답사하는 데는 남다른 감회를 맛볼 수 있었습니다.

유럽 특히 동유럽은 많은 사람들이 꿈꾸는 여행지이지요. 관광을 목적으로 간다면 프랑스나 스페인 지역을 중심한 서유럽을 꼽을 수 있지만, 종교 개혁과 역사의 심오한 현실을 느끼기에는 동유럽을 뺄 수가 없습니다. 긴 역사 속에서 종교 개혁자들의 숨결이 살아 숨 쉬는 곳, 숨 가쁘게 살아온 민족들, 또 국가들!

믿음을 지키고 하나님의 말씀대로 살기 위하여 자신들에게 다가오는 수많은 핍박과, 고난과, 역경들을 이겨 내고, 심지어 자신들의 목숨도 과감하게 내어 놓았던 순교자들, 특별히 칼빈, 루터, 츠윙글리 등, 위대한 종교 개혁자들의 발자취와 순교자의 피의 터전을 순례하는 일정인 것입니다. 그들의 신앙과 복음에 대한 열정을 본받기 위한 여행 목적이기도 하지요.

아직 동유럽은 우리에게 낯설고 잘 알려지지 않은 나라들이기 때문에 익숙하지 않은 데서 오는 두려움과 설렘을 느낄 수 있고, 남들이 자주 가지 않는 데서 오는 모험심이 많이 자극합니다.

동유럽 여행은 무작정 떠나는 여행이 아닙니다. 미리 역사적인, 지리적인, 문화적인 배경과 지식을 알고 떠나면 좋습니다. 혹은 여행지마다 현지에서 엽서사진, 책자, 사진들이라도 수집하여 훗날에 들춰 보면서 당시의 감회를 되새겨 봄도 뜻 깊은 보람된 일입니다.

지난 세월 동안 중동, 유럽, 아프리카 등 성지순례 및 관광 여행을 근거로 부족한 경험과 안목이지만, 신학적인 전문성보다는 보편성에 초점을 맞추어 평신도의 입장에서 금번 한 권의 가이드북으로 보완 집필하게 된 것을 보람으로 생각합니다. 특별히 전문 테마를 이것저

것 다루었는데, 그것이 가능했던 것은 많은 전문 학자들의 연구 성과에 힘입은 것으로 그분들에게 감사를 드립니다.

금번 이 부족한 책자가 혹시 여행을 준비하시는 분들에게나, 다녀왔지만 그 아름다웠던 추억이 퇴색되어 가는 분들에게 도움이 됐으면 하는 마음으로 이 책자를 바칩니다. 아울러 이 책자가 인쇄되어 출판되기까지 옆에서 자료 정리와 수고를 아끼지 않고 도와준 홍주연 권사에게 지면을 통하여 감사한 마음을 전합니다.

2011년 신묘년 3월에
글쓴이 이영규 장로

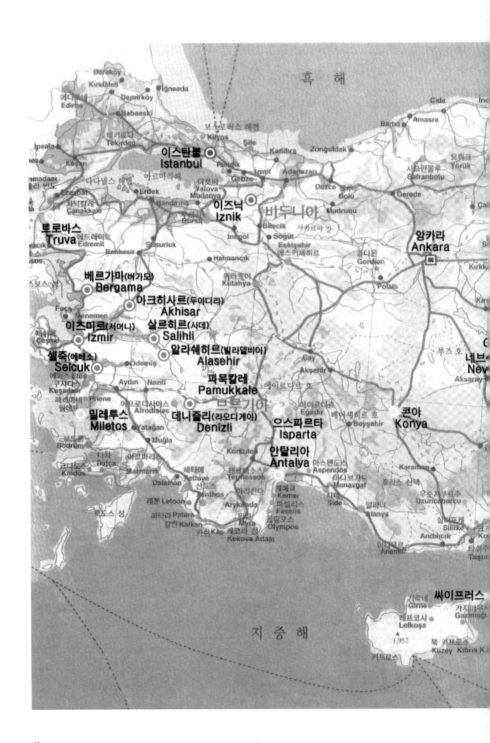

◉ 1부 이스탄불 지역
◉ 2부 소아시아 일곱 교회
　　3부 사도 바울의 전도 여행
◉ 4부 갑바도기아 지역 외

차 례

바울의 발자취를 따라

오늘날 터키의 성지 지역

1. 터키(Turkey) 지역

Turkey

A Pilgrimage to the Holy Land

✠✠✠ 터키에 입국하면서

터키국은 우리와 생소한 나라가 아님을 잘 알고 있다. 케말 파샤가 공화국을 창건하고 한국동란 때 유엔군의 일원으로 참전하여 우리와 함께 피를 흘린 혈맹국의 하나요, 언어학적으로는 우리와 같은 알타이어족의 후손들이며 후에 오토만 제국을 건설했던 민족이 아닌가.

성경적으로 터키가 구약시대의 주요무대일 뿐 아니라 신약시대의 고장들도 많이 산재해 있는데도 우리에게는 별로 알려져 있지 않다.

초대교회 당시 베드로 사도가 편지를 보냈던 소아시아의 본도, 현재 갈라디아, 카파도키아, 아시아의 비두니아 지역이 바로 오늘의 터키지역이다.

바울이 3차 전도여행 때 본거지로 삼고 베드로가 8년간 사역했던 안디옥, 요한의 무덤이 있고 바울이 두란노 서원을 운영했던 에베소와 성모 마리아가 말년을 지내다 승천했다는 에베소 인근의 불불산, 바울의 고향 다소, 바울이 개척하고 요한이 감독했던 동방의 일곱 교회, 카파도키아의 지하교회, 교황이 3대 성지의 하나로 선포한 바 있는 니케아, 콘스탄티누스 대제가 기독교를 공인한 후 새 로마로 건설했던 콘스탄티노플(현 이스탄불)등 성서의 고장들이 터키 전역에 산재해 있다는 사실은 터키에 대한 우리의 인식을 새롭게 해준다.

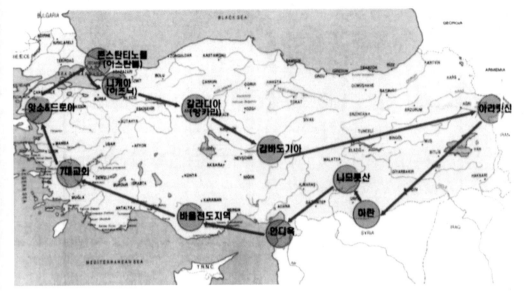

성지순례 여정지도

✖✖✖ 비잔티움

많은 사람들은 비잔티움에 대한 역사적인 사실을 이해하기가 난해하다. 시대에 따라 한 나라의 수도의 명칭이 터키, 비잔티움, 콘스탄티노플, 이스탄불 그리고 오늘의 터키 수도가 앙카라로 옮겨진다.

1100년 '동로마 제국'의 실체를 살펴보자

당시 로마제국은 유럽 역사상 매우 중요한 위치를 차지하고 있었

16

다. 로마는 오랜 세월에 걸쳐 대제국을 완성하고 비교적 장기간 동안 유지했는데, 로마가 탄생한 것은 기원전 6세기 말이고 전성기는 2세기 전후를 걸친 2백여 년이다.

AD 395년, 로마제국은 동로마제국과 서로마제국으로 분열되었고, 로마를 본거지로 삼은 서로마제국이 5세기 중엽에 멸망하고 약 천 년을 유지한 것이다.

한편 동로마제국은 서기 330년 너무나 비대해진 로마제국을 지배하게 된 콘스탄티누스 황제가 수도를 로마에서 당시의 비잔티움으로 옮겼다

콘스탄티우스는 새 수도를 자기의 이름을 따서 콘스탄티노플이라고 명명했다.

그 이후의 역사는 화려하다. 서로마는 일찍이 멸망했으나 동로마는 그리스문화와 로마문화를 계승 발전시켰다.

그리스도교의 문화에서 비잔티움의 역할을 빼놓을 수 없다. 성부, 성자, 성령이 하나라는 삼위일체의 교리를 확립한 325년 니케아 공의회도 콘스탄티누스 1세가 소집한 것이고, 6세기에 세워진 성 소피아 성당과 같은 규모의 성 베드로 성당을 비롯한 많은 기념물을 남겼다. 1453년 콘스탄티노플이 오스만 터키군대에 함락된 뒤 로마로 피신한 난민들의 보따리에서 나온 그리스 고전들은 이탈리아 르네상스를 꽃피운 풍요로운 거름이 되었다.

❈❈❈ 이스탄불 (콘스탄티노플)

크리스천 그리고 모슬렘제국의 수도

기독교 제국과 이슬람제국이 공존했던 현재의 이스탄불의 원래 지명은 비잔티움이다.

오늘의 이스탄불은 가령 크리스천이냐 모슬렘이냐 혹은 관광객이냐 역사학도의 입장이냐에 따라 역사적인 배경도 아주 다를 수 있다.

이곳은 마르마라 해와 보스포루스 해 그리고 깊은 수심의 골든 혼이 3면이 바다를 끼고 있는데 이상적인 천연의 요새일 뿐 아니라 이스탄불은 과연 하나님으로부터 천혜의 혜택을 입은 도시라는 사실을 실감하게 된다. 그래서 18세기 프랑스 황제 나폴레옹은 이 도시를 "자연의 축복을 받은 선물이요, 역사적 유물을 동시에 간직한 곳이 이스탄불 외에 지상에 어디 있겠는가?" 라고 극찬하였던 것이다.

AD 4세기경, 콘스탄티누스 1세는 황제로 등극한 후 18년 동안 권력 싸움을 하던 중 꿈에 나타난 하나님을 만난 후 열렬한 크리스천으로 개종하고 정부가 몰수했던 교회재산을 반환하고 기독교를 공인함으로써 크리스천은 오랜 박해와 지하 교회의 생활에서 벗어나게 되었다. 또한 330년 제국의 수도를 이곳으로 이전할 뿐 아니라, 자신이 열렬한 크리스천이었던 까닭에 소피아 성당, 이레네 성당 등 우상에 찌든 로마 도시와는 다르게 순수한 크리스천 도시로 건설하여 도시 전체를 성모 마리아에게 바친다.

이러한 모든 축복은 오랫동안 로마제국 내에 카타콤에서 신앙생활을 하던 기독교인들을 위해 눈물로 기도해온 어머니 헬레나의 기도가 응답된 것이라고 생각된다.

또한 그는 로마에는 베드로 성당을, 이스라엘에는 베들레헴의 탄생지 나사렛의 주거지 예루살렘의 성묘와 감람산의 승천 장소, 시내 산 기슭에, 성 캐더린 수도원을 건설하는 등 교회 부흥에 앞장서면서 바실리카 건축양식의 표본이 되었다.

로마의 수도를 이전하고 자기의 이름을 따서 콘스탄티노플이라고 하고, 이로부터 1,100년간 콘스탄티노플은 동로마제국의 수도로서 1054년 정교회가 분리된 이후 동방 정교회의 중심지로서 역사의 무대를 지켜왔다. 1453년 오스만 터키군대가 콘스탄티노플에 입성하여 종교적으로, 윤리적으로 타락한 비잔틴 제국을 무너트리고 이슬람교가 융성하라는 뜻인 '이스탄불'로 도시의 이름을 개명하고 약 600년간 이슬람 제국의 중심지가 되도록 초석을 놓았다.

비잔틴 시대의 사원을 이슬람제국이 지배함으로 사원의 형태가 이슬람 양식으로 바뀌었

다. 성 소피아 교회의 돔 가운데는 이슬람 사원을 상징하는 초승달 모양의 상징적인 표시를 붙이고, 네 귀퉁이에는 미나레(첨탑)를 세워 제국이 바뀌어졌음을 보여주며, 한편 2만 명이 들어갈 수 있는 중앙의 강대상이 있던 자리에서 방향을 틀어 성지인 메카 방향으로 기도하도록 건축물의 구조를 변경하였고, 황금색 모자이크, 예수, 바울의 성화들은 모두 페인트로 두껍게 칠하였다.

아름다운 고도(古都)이자 아시아와 유럽이 만나는 곳, 그 옛날 실크

이스탄불의 보스포루스 해협이 내려다보이는 전경

로드의 여정이 마무리되던 곳, 수많은 문명이 교차했던 곳, 이스탄불.

역사학자 토인비는 이 도시를 일컬어 '살아있는 박물관' 이라 하였다.

현재 이스탄불은 유동인구 300만을 포함하여 1500만을 가진 대 도시로서 동서양을 왕래하며 무역하는 상인들과 세계역사를 좌우했던 두 제국의 역사의 현장을 확인하려는 수많은 순례객들로 늘 분주한 가운데 있다.

✠✠✠ 성 소피아 사원

인류의 소중한 유산이라 불러도 손색이 없는 성 소피아 사원은 비잔틴제국(동로마)의 가장 주목할 만한 황제인 유스티니아누스 황제의 명을 받아, 수학자이며 건축가인 안테미오스에 의하여 AD 532에서 536년에 걸쳐 건축되어 이곳에 있는 사도행전의 순교자 스테반 집사를 추모하는 예배 시 기독교인들에게 봉헌되었다.

소피아란 '하나님의 지혜' 란 뜻으로 그리스도를 지칭하며, 이 성을 지은 후 유스티니아누스 황제는 "내가 이제 솔로몬 당신을 이겼소." 라고 고백했다고 전해지듯 그 웅장함과 아름다움은 로마 비잔틴 양식의 극치를 이루며 세계 건축사에 가장 뛰어난 건축물의 하나로 평가되기도 한다.

다중 돔형의 이 교회는 건축하는 데 비교적 짧은 시일이 걸렸으나,

그 규모는 엄청난 것으로 전체적 직사각형의 크기는 71*77m로 바닥에서 높이는 56m나 치솟아 있으며 중앙 부분의 거대한 돔 둘레에는 40개의 창문이 있다.

　실내는 아름다운 로마시대의 아치 형태를 지니고 있으며, 벽에는 황금색 모자이크로 예수 그리스도, 성모 마리아, 세례 요한, 그리고 이곳에서 섬기던 위인들이 있으며 자연적인 대리석으로 건축하였으므로 자연미를 가미한 고전적인 건축예술의 진수라 할 수 있다.

성 소피아 사원의 전경

성 소피아 사원의 내부전경

이 사원은 1453년 오토만 제국이 콘스탄티노플을 점령한 후 500여 년간 모스크로 개조되어 이슬람 사원으로 사용되어 오다 현재는 1934년 세계 시민을 위한 박물관으로 개조하여 사용되고 있다.

❊❊❊ 블루 모스크

　기독교 제국이었던 비잔틴(동로마)제국을 무너트린 오스만 제국의 마호멧 1세가 기독교의 영화를 상징하는 성 소피아 사원 건너편에 성 소피아 사원을 모방하여 1609년에 시작하여 1616년에 완공한 이슬람 사원이다.

　규모는 사방 24m 정사각형의 모양에 높이 43m의 구조로 천정은 비잔틴 건축양식을 그대로 모방하여 대칭 형태로 건축하였으며, 직경

대표적인 이슬람 사원인 블루 모스크

5m의 일명 코끼리 다리라고 하는 네 개의 기둥이 건물을 지탱하고 있는 형식의 구조를 하고 있다. 한편 사방에는 260개의 창문을 만들어 외부의 빛을 이용하여 기도와 예배의 분위기를 살렸다고 할 수 있다.

이 건물의 특징은 보통의 이슬람 사원이 4개의 첨탑을 갖고 있는 데 반해 블루 모스크는 6개의 첨탑(미나레)으로 성지 메카의 7개(완전 숫자)보다 1개 부족한 것이 특징이다.

건물 내외를 장식한 2만 여장의 푸른색 타일은 이웃 니케아에서 구워낸 타일로 이 건물을 블루 모스크라고 부르게 된 이유이다.

블루 모스크를 통하여 이슬람 사원의 대표적인 아름다운 건축미를 느끼게 되며, 이곳에서 오스만 황제들이 중요한 의전을 집행했으며 현재도 이슬람 사원으로 사용하고 있다.

✖✖✖ 히포드롬 광장과 오벨리스크

성 소피아 교회와 블루 모스크 사이를 지나 북서쪽 방향으로 가다 보면 약 35m 높이로 세워진 노란색의 거대한 돌기둥을 만나게 된다. 이것이 오벨리스크다.

BC 15세기 이집트 투트모세 3세 때 이집트의 룩소 카르낙 신전에 세워진 오벨리스크 중 하나로서 서기 392년 테오도시우스 통치 때 이 곳으로 가져온 것이라 한다.

거대한 오벨리스크를 중심으로 한 히포드롬 광장은 길이가 약 400m, 넓이 120m의 광장으로 관중 10만 명을 수용할 수 있다고 한다.

이곳에서 비잔틴 시민들을 위한 마차 경기, 서커스, 그리고 국가행사를 거행하였으며 역사적으로 '니카의 반란'이 있던 장소로도 유명하다.

히포드롬 광장과 오벨리스크

❋❋❋ 코라 교회

　비잔틴 건축 예술의 백미를 성 소피아 사원이라고 한다면 코라 교회는 성 소피아 사원에서 사라진 황금색 모자이크로 된 성화를 볼 수 있는 유일한 교회이다.

　코라 교회 본관 정 중앙에는 '너희에게 평강이 있을지어다.' 라는 헬라어가 쓰인 황금색 성경을 가지고 있는 예수 그리스도가 계시고, 기독교를 대표하는 인물들 가운데 천국의 열쇠를 손에 쥐고 있는 사도 베드로가 좌측에, 복음을 전하기 위해 로마까지 3차 선교 여행을 했던 사도 바울의 초상화가 우측에 있다.

　한편, 동쪽 홀 끝에는 부활하신 예수 그리스도의 천국에 있는 24장로들의 성화가 매우 인상적이다.

❋❋❋ 톱카프 궁전

　마르마다 바다가 내려다보이는 언덕 위에 세워진 톱카프 궁전은 처음에는 오스만제국 술탄의 별장이었다.

　그러던 것이 후에 오스만제국의 공식 궁전이 되었다. 해변의 흙을 메우고 세운 이 궁전은 프랑스의 베르사유 궁전을 모방하여 건립하였다 하며, 이 궁전은 1853년까지 세계의 대제국 오스만 터키제국의 중

코라 교회 전경

심지였으며 1839년 새로운 궁전 돌마바흐체 궁으로 옮길 때까지 22명의 술탄이 거주하였다 한다.

지금은 박물관으로 꾸며져 있으며, 중국, 일본, 유럽의 도자기 1만5백여 점이 전시되어 있고 보석관에는 세계에서 3번째 가는 86캐럿 다이아몬드를 비롯하여 세계 제일의 에메랄드, 6,666개의 다이아몬드가 박힌 순금 촛대 등 진기한 보석들이 전시되어 있다.

기독교 유물로는 세례 요한의 머리, 손 뼈, 모세의 지팡이, 다윗의 칼, 아브라함의 식기가 보관되어 있다

톱카프 궁전 전경

✠✠✠ 보스포루스(Bosporus)다리

아시아로 눈 돌리는 터키
보스포루스 해협을 해저(海底)로 잇는다

이스탄불 도시 중앙을 가르며 흐르고 있는 해협은 길이가 30km 정도로 흑해와 마르마라 해를 연결하고, 바다의 수심은 40m, 가장 깊은 곳은 100m나 된다.

이스탄불은 보스포루스 해협을 통해서 유럽과 아시아 두 대륙으로 나누어지며, 동양과 서양을 잇는 보스포루스 다리는 1973년 영국과 독일의 기술합작으로 완공되었으며 일명 '유라시아 대교'라고도 불린다.

터키의 명물인 이 다리에 지금 큰 변화가 한창 이루어지고 있다. 보스포루스 해협을 사이에 두고 유럽과 아시아 대륙 양안에 걸쳐 해저 터널로 잇는 공사가 활발하게 진행하고 있다.

26억 달러가 투입되는 1.4km의 해저 구간과 육지의 지하철을 연결해 총 연장 13.6km의 철도가 2013년 완공될 이 해저 터널은 유럽과 아시아를 잇는 또 하나의 역사가 될 것이라 알려지고 있다.

14세기에서 20세기 초반까지 600년간 세계를 지배했던 오스만 튀르크제국의 영광도 그간 유럽에서 환영을 못 받고 이제 아시아 쪽으로 방향전환을 시도할 수밖에 없는 현실이 되었다.

유럽과 아시아를 잇는 오늘의 보스포루스 대교

터키인들은 지난 수십 년간 EU(유럽연합) 가입과 EU 경제권 편입을 희망해 왔지만 유럽인들의 반발 때문에 그 꿈을 사실상 접는 단계며, 유럽보다 발전 가능성이 더 큰 아시아로 눈을 돌리고 있는 것이 현실이다.

✳✳✳ 파묵칼레 Pamukkale

'목화의 성' 이라는 뜻의 파묵칼레라고 불리는 이곳은 성경상의 히에라볼리이다. 산 위에서 수천 년을 두고 흘러내린 칼슘 성분이 바위를 덮어 산비탈을 온통 순백의 덩어리로 변화시켰으며, 층층이 테라스 모양의 천연 욕조를 놓아 대 장관을 연출하고 있다.

원래 이 지역은 수차례의 지진으로 거듭 붕괴되었으며, 1094년경에는 셀주크 터키군과 비잔틴제국 군대 간의 전쟁으로 도시는 파괴되거나 지하에 묻힌다.

더구나 이 온천수는 옛적부터 미지근한 35도 정도의 물로 특히 심장병, 소화기 장애, 신경통 등에 좋다고 알려지면서 터키 10대 명소의 하나로 관광객들의 발길이 끊이지 않았으나 사도 바울의 골로새 서신에서 보듯이 히에라볼리에도 일찍부터 복음이 전해졌을 것이라고 한다.

이곳에서 사도요한의 수제자 중의 한 사람이었던 파파이스와 골로새 지역에서 활약하였던 에바브라가 복음전파에 힘을 썼다고 한다.

파묵칼레 온천

    이 도시의 번성은 비잔틴 제국까지 계속되었으며 히에라볼리는 기독교의 대교구가 설치되어 기독교 생활의 중심지가 되었으며 석회의 굳은 모습이 마치 목화처럼 생겼다 하여 '목화의 성' 이라 한다.

2. 카파도키아 지역

✠✠✠ 카파도키아

초대교회의 숨결이 아직도 살아있는 카파도키아 위치는 동부 소아시아에 위치한 도시로 터키의 수도 앙카라에서 동북쪽으로 약 320km 떨어진 위치에 있다.

앙가라에서 출발하여 넓은 평야와 완만한 구릉, 끝없는 밀밭만이 이어져 단조로운 장거리 코스를 4~5시간 가다보면 단조로운 풍경이 사라지고 흰색 혹은 주홍색의 특이한 지형의 민둥 바위산과 그 바위산에 조성해 놓은 동굴교회와 동굴주택이 나타난다. 이곳이 카파도키아 지역이다.

카파도키아란 '친절하고 사랑스러운 땅' 이란 뜻을 가지고 있으며 하나님께서 만드신 오묘한 자연경관에 감탄사가 절로 나온다.

미국의 그랜드캐니언이 웅장한 모습 그 자체라면, 카파도키아는 그 웅장한 자연의 신비에 조물주의 사랑의 숨결로 하나하나 그 모습을 웅장하고 섬세하게 조각한 모습이라 할 수 있다.

옛날 이 지방에 화산활동이 활발할 때 분출한 용암이 흘러내려 세월이 흐르면서 비바람의 풍화작용으로 얼었다가 풀리며 깎여나가 이렇듯 특이한 원추형 기둥들이 생겨났다고 설명하지만 선뜻 이해하기 어려운 자연의 조화라 하지 않을 수 없다.

그런데 초기 기독교인들은 그곳 바위기둥 속에 구멍을 뚫고 깎아서 동굴교회와 수도원을 조성해 놓았다. 박해를 피하여 신앙을 지키려는 사람들이 이곳 카파도키아로 이주해 살았다 한다.

지하도시에 많을 때는 200만 명 정도가 생활했다고 하며 발견된 지하교회만도 1000개 정도가 된다 하니 정말 놀라지 않을 수 없다. 여기에는 유대인들과 로마 제국의 박해를 피해 숨어 살던 초대교회의 생생한 역사를 볼 수 있으며 우리들은 이곳을 답사하면서 초대교회의 그 뜨거웠던 성도들의 믿음의 발자취를 느낄 수 있었다. 나태한 초대교회 시대에 유대인과 로마제국의 기독교에 대한 박해가 심했고, 이러한 박해는 우리의 신앙을 부끄럽게 만드는 곳이기도 하다.

더욱 놀란 만한 사실은 그러한 박해를 피하여 숨어 생활하는 속에서도 비잔틴 예술의 극치를 이루었던 성화들과 동굴교회를 장식했던 수많은 벽화들을 볼 수 있다는 사실이다.

카파도키아 동굴을 배경으로

다음과 같은 성경구절이 떠오른다. "돌로 치는 것과, 톱으로 켜는 것과 칼로 죽임을 당하고, 양과 염소의 가죽을 입고 유리하여 궁핍과 학대를 받았으니 그들이 광야와 산중과 암혈과 토굴에 유리하였느니라." (히 11:37-38)

✖✖✖ 데린구유

이곳 주위에는 곳곳에 포도밭이 많이 조성되어 있다. 지금도 터키는 세계 10대 포도주 생산국의 하나다.

'깊은 우물' 이라는 뜻을 가진 데린구유는 지하 120m까지 뻗어있는 지하도시를 이루고 있으며 현재 지하 55m의 8층까지 발굴하였는데 약 1만 명을 수용할 수 있는 규모로 입구가 하나뿐이고 굴의 길이는 6km에 달한다.

1층에는 침실, 식당, 부엌과 마구간 그리고 지상에서 구멍을 통해 포도를 지하 저장실로 내려 보내 그 속에서 발로 밟아 포도주를 만들어 저장하는 저장실이 있다. 2층에는 널찍한 교회가 있고 3층과 4층에는 다시 식당과 교실 기도실이 있다.

지하도시의 기능을 완전히 갖추고 있는 동굴로 통로는 한 사람이 허리를 굽히고 다닐 정도의 넓이이며 통로 요소요소마다 비상시에 각 굴을 차단할 수 있게 둥근 맷돌 모양의 석물도 볼 수 있었다. 복음을

데린구유 내부동굴 구조

수호하기 위하여 진정 생존을 걸어야 했던 초기 기독교인들의 고초를 생생하게 증언해 준다.

✠✠✠ 괴뢰메 동굴

괴뢰메 동굴은 카파도키아 인근에 위치한 지역으로 기암괴석으로 이루어져 있어 천연의 자연 조각품으로 볼 수 있다.

이곳의 자연적인 지하 동굴의 조건들은 당시 기독교인들에 대한 로마인들의 박해를 피하여, 동굴에 숨어서 신앙을 지키며 생존을 이어가던 생생한 자취인 것이다.

괴뢰메 동굴의 자연 박물관은 야외 박물관으로서 비잔틴 시대의 미술을 감상할 수 있다. 이곳 바위 동굴 속에 성화들이 많이 파손된 곳도 있지만 토카트르 교회 같은 곳은 거의 완벽하게 보전되어 있어 당시 비잔틴 예술을 이해하는 데 많은 도움이 되며 보는 이들로 하여금 신비함과 경탄을 자아내게 한다.

괴뢰메 동굴

✖✖✖ 데린구유 지하 도시 동굴의 구조

   카파도키아의 지하 도시는 지금까지 모두 36개가 발견되었다고 한다. 이 지하도시는 히타이트인들이 적을 피해 은거지로 사용하던 곳이었는데 초기 기독교인들이 핍박을 피해 신앙생활을 위한 공간으로 사용하였다. 지하 도시들 가운데 가장 큰 지하도시가 바로 데린구유다.

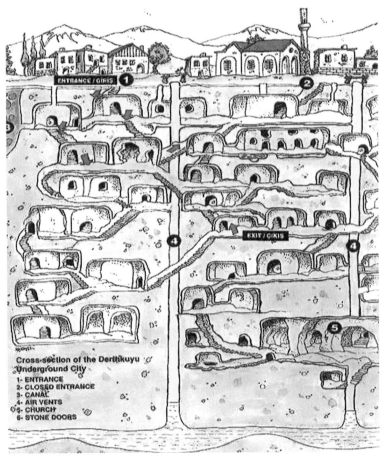

데린구유 지하 도시의 구조

3. 초대교회 유적지

Athens

✠✠✠ 아덴(아테네)

사도바울은 제2차 전도여행 때 베뢰아에서 배를 타고 아덴으로 들어왔는데 실라와 디모데를 베뢰아에 남겨두고 이곳 아덴에 왔다. 이곳의 아레오바고 언덕에서 희랍의 철학자들과 토론을 했는데 많은 결실을 얻었으며 현재 언덕 밑에는 비잔틴 스타일의 바울 기념교회가 있다.

그리스의 수도인 아테네는 정치, 경제, 문화의 중심지로 전체인구의 약 1/3이 모여 사는 대 도시이다.

아테네 시가 내려다보이는 아크로폴리스의 언덕에 유네스코 지정 세계 문화유산 제 1호인 파르테논 신전이 위치하고 있으며 고대 그리스의 상징이라고 할 수 있다.

✠✠✠ 파르테논 신전

그리스의 신들의 구역이라 불리는 아테네 중앙의 언덕 아크로폴리스에 자리 잡고 있는 고대 그리스의 상징과 같은 건축물이다.

BC 479년에 페르시아인이 파괴한 옛 신전 자리에 아테네인이 아테네 수호여신인 아테나에게 바친 것으로 도리아식 신전의 극치를 나타내는 걸작품이다.

세계문화유산 1호인 파르테논 신전에서

　　신전의 안정된 비례와 장중함은 고전시대 그리스 정신의 집대성이
라 할 수 있다.

　　현재 유네스코 세계문화 유산1호로 등재되어 있다.

✠ 고린도, 아레오바고

'이방인의 사도' 바울, 고린도에 '사랑'을 외치다

그리스와 터키는 초대 그리스도 교회가 활발히 활동했던 지역이다. 사도 바울과 요한 등이 때로는 치열한 교리 논쟁을 벌이고, 때로는 박해를 받으며 복음을 전도했던 터전이기도 했지만, 지금은 흐트러진 돌기둥과 마구 자란 엉겅퀴 등이 역사의 현장을 지키고 있다.

우리 경평 노회 교역자들로 구성된 성지 순례 일행은 일정에 따라 2000년 그리스도교 신앙의 선조들의 발자취를 더듬었다.

"사랑은 오래 참고 사랑은 온유하며 시기하지 아니하며 사랑은 자랑하지 아니하며 교만하지 아니하며 믿음, 소망, 사랑, 이 세 가지는 항상 있는 것인데 그중의 제일은 사랑이라."

이 말씀은 바로 바울이 고린도 교회 성도들에게 보낸 편지(고린도전서)의 한 구절이다.

'이방인의 사도' 바울은 우리가 밟고 있는 이곳 고린도에서 1년 반을 머물며 교회를 일궜다 한다.

지금은 19세기 말에 완공된 운하로 배가 다니지만 고대의 고린도는 이오니아 해와 에게 해를 잇는 교통의 요충지로 막대한 부를 누렸다고 한다.

고린도

고린도 유적지는 거대한 석주 7개가 남은 아폴로 신전과 광장인 아고라다.

현재 고린도라고 하는 시는 아테네에서 서남쪽으로 80km 거리에 있다. 그러나 사도 바울이 전도했던 고린도는 그리스에서 가장 활발한 상업 중심지로서 국제적인 도시였다.

고린도는 지리적으로 천해의 지리적인 조건을 갖추고 있었는데, 즉 서쪽에는 이오니아 해와 이탈리아로 향하는 레카이론 항구를 품고 있었고 동쪽으로는 아테네를 바라보면서 에게 해로 나갈 수 있는 겐그레아 항구를 품고 있었다. 사도 바울은 제3차 전도여행 중 에베소에 3년 동안 머물면서 고린도전서를 집필했고, AD 57년 경 고린도후서를 써 보낸 곳이라고 한다.

AD 50년 무렵 바울이 고린도에 도착했을 때부터 당시 향락에 빠진 그리스 사람들은 그리스의 여러 신을 섬겼고, 유대인들은 바울의 전도를 방해했다. 이러한 어려움 속에서 바울은 "두려워하지 말며, 침묵하지 말고 말하라." 라는 계시를 받고 마음을 다짐한다. 이곳에서 바울은 또 아굴라와 브리스길라 부부를 만나 함께 천막을 만들어 팔면서 번 돈으로 선교활동에 나선다.

하지만 유대인들의 반대는 거셌고, 결국 바울은 로마 총독 갈리오의 법정에 서게 됐다. 당시 바울이 재판을 받기 위하여 섰던 단상은 고린도 유적지 한복판에 그대로 남아 있다. 높이 5m, 폭 15m의 석조 단상 위로는 그리스 신화에서 미와 사랑의 여신인 아프로디테 신전이

아폴로 신전유적. 이 신전은 제우스의 아들인 아폴로를 위해 지어진 것으로, BC 6세기경 고린도 중심지역에 세워졌다.

있었던 거대한 아크로고린도가 펼쳐져 있다. 이곳에서 바울은 고난도 많았지만 많은 전도의 성과를 거둔 것이었다. 이로 인하여 그리스도교가 고린도를 중심으로 상당히 전파된 것을 알 수 있다.

아레오바고

　바울은 유대인이지만 로마 시민권자였고, 그리스어(헬라어)에도 능통했던 바울의 학식과 담대함을 확인할 수 있는 곳은 바로 아테네의 아레오바고이다.

　언제나 관광객들로 넘쳐나는 파르테논 신전 바로 아래 바위언덕인 아레오바고는 당시 새로운 학설이나 사상을 발표하던 장소였다. 사도행전에 의하면 바울이 아레오바고에서 아테네 사람들에게 우상을 버리고 참 하나님을 섬기라고 설교한 곳으로 기록되어 있고, 아테네 사람들이 바울의 설교에 귀를 기울이는 것을 보고 아테네 사람들은 범사에 종교성이 많다는 것을 느꼈다고 사도행전은 기록하고 있다.

　바울은 고린도에서 설교하기에 앞서 아레오바고를 찾아 '알지 못하는 신(神)에게' 라고 새긴 단(壇)을 보았다. "너희가 알지 못하고 위하는 그것을 너희에게 알게 하리라"며 우주와 그 가운데 있는 만물을 지으신 하나님을 설교했다고 한다.

　우리 일행이 고린도를 거쳐 아레오바고에 도착하자 언덕으로 오르는 입구바위에 헬라어로 새긴 바울의 설교 동판이 석양에 물들고 있었다.

사도 바울이 설교한 아레오바고 바위언덕에서 파르테논 신전을 배경으로

바울의 설교 동판이 붙은 아레오바고 입구

✖✖✖ 고린도 운하

　수에즈운하, 파나마 운하와 함께 세계 3대 운하로서, 길이 7km, 폭이 21m, 수심 10m이며, 고린도 지역의 해상 운행에 중요한 구실을 하고 있다. 고린도 지역이 중요한 것은 이탈리아 반도에서 아시아로 항해할 때 가로질러 갈 수 있는 지름길이 고린도에 와서 약 6km 지협이 가로막고 있어, 해상 교통이 어려웠으나 당시 1693년에 프랑스 건설 기술진에 의하여 13년에 걸쳐 건설되었고 이로 인하여 해상 운행에 큰 도움이 되고 있다.

✖✖✖ 수리아 안디옥, 바울의 고향 다소

　지금은 이름 없는 도시에 불과하지만 사도 바울 당시에는 시리아의 수도로서 로마의 알렉산드리아 다음가는 대도시였다고 한다. 스데반 집사의 순교 이후 예루살렘 교회의 성도들이 각지로 흩어지면서 시리아 안디옥 지역에 정착하여 안디옥 교회를 형성하였다. 그 후 이곳은 이방인 선교사인 바울의 선교활동의 거점이 되기도 한다.

　안디옥 교회는 사도 바울을 선교사로 파송했고, 교회 역사상 최초로 선교를 파송한 교회라는 명예를 갖게 된다.

세계 3대 운하의 하나인 고린도 운하

"바나바가 사울을 찾으러 다소에 가서 만나매 안디옥에 데리고 와서 둘이 교회에 일 년간 모여 있어 큰 무리를 가르쳤고 제자들이 안디옥에서 비로소 그리스도인이라 일컬음을 받게 되었더라." (사도행전 12장 25-26)

구브로(키프로스)에서 로마 총독 서기오를 전도하는 등 선교에 성과를 올린 바울은 터키 내륙의 비시디아 안디옥으로 옮겨가서 유대인과 이방인에게 전도하며, 평생 네 차례에 걸쳐 총 7만 km를 걸었으며, 당시 서방 세계의 중심인 로마제국에 그리스도의 복음을 전한다.

바울의 고향은 터키 길리기아 지방의 작은 마을 다소였다. 현재 다소의 모습은 소읍이다. 마을 입구에 이집트의 클레오파트라 여왕이 안토니우스 장군을 만나기 위해 이곳을 찾은 것을 기념하는 아치형식의 석조 문만이 이곳이 한때 번창한 도시였음을 말해주고 있다.

바울의 생가 터로 알려진 곳에는 돌로 만든 우물 하나가 있었다.

✠✠✠ 베드로 동굴 교회

그리스도교 역사에서 '크리스천'의 시작은 이 컴컴한 절벽 동굴 교회에서부터 시작하였다고 한다.

안디옥 시가가 내려다보이는 가파른 언덕 위에 자리 잡은 이 동굴 교회는 기독교가 박해를 받던 시대에 은신한 기독교인들이 모임을 갖고 여러 갈래의 비밀 통로를 통해 동굴 바위산으로 피하는 도피처로 사용하였으며 베드로가 기원 50년경에 이 동굴 교회에 머무르며 예배와 설교를 했다.

이 장소는 1983년 로마 교황청에서 신성한 장소로 선언되어 공인되었고 후에 이 내부에 성 베드로 교회라는 교회가 세워지게 되는데 이 교회는 베드로에 의해 세워진 최초의 교회라 불리며 신성시되고 있다.

절벽 중턱에는 베드로가 기도했다는 동굴 교회가 있다. 동굴 안쪽 벽에는 천국의 열쇠와 두루마리 성경을 양손에 든 베드로 상이 있다. 꽉 들어서면 100명 정도가 서서 예배를 드릴 수 있는 이런 동굴에서 역사상 최초로 '크리스천'이란 호칭을 받은 초대교회이다.

베드로 동굴 교회

4. 소아시아 7대 교회

✠✠✠ 요한 계시록의 저자 사도 요한

사도 요한은 자기가 쓴 책에서 자신을 '예수께서 사랑하시는 제자'로 말할 정도로 예수님과의 정과 사랑이 각별하였다고 한다.

심지어 슬픔과 기쁨이 교차되는 만찬석상에서조차 그는 예수께 자신의 몸을 기대고 있었던 사람이었다. 그리고 마지막 십자가상에서 심한 고통을 경험하고 계셨던 예수님께서 곁에 서 있는 그에게 자신의 어머니를 돌볼 것을 부탁하셨던 것을 보면, 그를 인간적으로 가장 신뢰할 만한 제자로 생각하였는지도 모른다.

그는 순종의 사람이었다. 어느 날 야고보와 요한은 그물을 손질하며 그들의 아버지 배에 있었다. 그때 예수님이 그들에게 다가와 부르셨다. 그들은 아버지 세베대와 삯군들을 배에 남겨둔 채 예수님을 따라 나섰다. 그들은 예수님과 항상 함께 있었다. 예수님은 야고보와 요한에게 '우레아의 아들' 이라는 별명을 붙여 주셨다.

세월이 지나 예수님이 하늘로 승천하셨다. 그리고 요한은 예수님의 어머니인 마리아를 모시고 에베소에서 교회를 돌보며 조용히 살아가고 있었다. 갑자기 큰 환난이 닥쳐왔다. 로마 제국 안에 기독교인의 수가 증가되는 것을 두려워한 로마 정부는 기독교의 살아있는 거장인 요한을 잡아 AD 95년 사도 요한을 밧모 섬으로 유배를 보냈던 것이다.

그는 추위와 굶주림 속에서 고통 받는 유배지에서 하나님과 천국의 아름다운 비밀을 들을 수 있는 축복의 시간과 긴 대화의 시간을 누릴 수 있었다. 당시 그는 96세의 나이로 사도행전에 언급된 초대교회 집사 중 보로고로와 함께 이곳에 오게 되었다.

사도 요한은 밧모 섬에 약 1년 6개월간 머무는 동안 요한계시록을 기록하였다. 당시 그는 낮에는 뜨거운 뙤약볕 아래서 로마 군인들의 감시 아래 채석장에서 일하였고, 밤에는 지친 몸을 이끌고 주님으로부터 받은 계시로, 보로고로가 대필하게 하고 요한 계시록을 기록한 것이다.

✖✖✖ 밧모 섬

성경에 '밧모'로 표기된 파트모스 섬은 에베소 항구 도시에서 110km 떨어진 제일 가까운 섬으로 남북 16km, 동서 10km 정도의 작은 섬이다.

이곳에서 사도요한이 도미티아누스 황제 때 그리스도교 박해 때문에 18개월간 유배생활을 하였고, 그 기간 동안에 계시록을 썼으며 유배지에서 돌아와 자유의 몸으로 소아시아의 교회들을 돌보며 섬기게 되었다.

서기 95년 무렵 밧모 섬에 유배된 요한은 섬에서 가장 높은 곳에 자리 잡은 호리마을 위에 바위동굴을 기도처로 삼았다. 지금은 요한을 기념하는 그리스정교회 성당으로 꾸며진 이 동굴에 들어서면 바닥에서 1m쯤 되는 높이의 바위에 작은 홈이 패여 있다. 요한이 기도한 후 일어날 때 짚으면서 팬 자국이라는 전설이 아직도 남아 있다.

이곳 요한 동굴 위로는 그리스 정교회의 신학교가 있고 산 정상에는 1088년에 세워진 '요한 수도원' 이 있다. 한편 사도 요한이 기도하는 가운데 계시를 받았다고 하는 동굴의 천정이 세 곳으로 갈라져 있는데, 이는 삼위일체를 상징한다고 한다.

동굴 안에는 17세기에 세운 조그만 교회가 자리 잡고 있다.

✠✠✠ 요한 계시록의 일곱 교회는 아래와 같다

1) 에베소 교회 : 사도 시대를 상징. 그리스도에 대한 처음 사랑을 잃기 시작

2) 서머나 교회 : 초기 박해 시대의 교회의 모습

3) 버가모 교회 : 교회가 로마와 결탁한 시기(AD 312) 비잔틴 시대의 교회의 모습

4) 두아디라 교회 : 중세시대의 교회의 모습. 간음과 우상숭배의 교회의 모습

5) 사데 교회 : 현재의 유럽의 개신 교회의 모습. 살았다는 이름은 가졌으나 실상은 죽어 있음

6) 빌라델비아 교회 : 형제사랑이란 뜻을 가진 교회로서 이 시대의

　　선교하는 교회

7) 리오디게아 교회 : 마지막 시대의 배교하는 교회의 모습. 신앙생

　　활이 미지근한 특징이 있고 교회는 그리스도

　　밖에 없음.

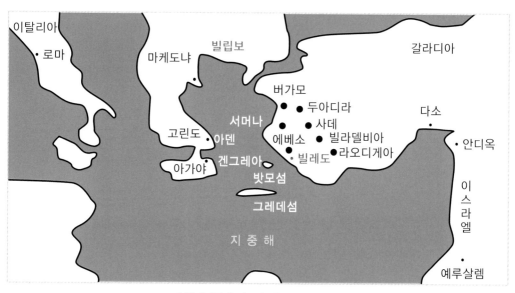

요한계시록에 언급된 일곱 교회들의 위치

✠✠✠ 에베소 교회

에베소는 에게 해 연안에 자리 잡고 있던 곳으로 로마 제국 내에서 동양과 서양을 연결하는 최대의 무역항이기도 하다.

기원 후 1세기에 에베소는 기독교인들에게는 중요한 도시 중 하나가 되었으며, 37~42년 사이에 기독교 전도에 주력하던 그리스도의 사도들이 예루살렘에서 추방당하게 되자, 사도 바울은 2차, 3차 전도 여행 때 에베소를 방문하여 교회를 세우기도 했다.

사도 바울은 고린도에서 만난 브리스 길라와 아굴라 부부를 이곳에 남겨두고 선교 활동을 하였고, 에베소에 활동하면서 그 유명한 두란노 서원에서 말씀을 강론하며, 선교활동과 선교사를 파송하며 교회를 세워나가는 등 활발하게 활동을 하였다. 사도 바울은 로마 제국이 닦아 놓은 길을 타고 나아가 소아시아 각 지역에 복음을 심었고, 이곳에 사도 요한이 예수님의 어머니 마리아를 모시고 와 말년을 보내기도 했다.

조각 예술의 경연장 에베소

세계 7대 불가사의의 하나라는 24개의 유방을 가진 아르테미스 여신상 주위의 유적을 둘러보고 셀주크에서 5km 거리에 있는 에베소 유적지에 도착하니 관광객들로 인산인해를 이룬다.

한마디로 건축과 조각의 장인들이 모여 하얀 대리석으로 빚어낸 조각과 건축의 경연장이라고 할 수 있겠다. 피온 산과 코레수스 산 사이에 정교한 도시계획에 따라 정연하고 아름답게 배치시킨 전장 9km에 달하는 시가지이다.

말이 끄는 2륜 전차를 타고 장군들이 달렸다는 화강암을 깐 도로, 모자이크 장식을 한 보도, 이오니아식으로 정교하고 아름답게 깎은 거대한 원주들, 재판과 정치적 토론이 벌어졌던 민주광장이라는 아고라, 3만 명 이상을 수용할 수 있다는 대 야외극장 등.

당시에 이미 수세식 변기를 사용하였다 하여, 돌로 깎은 변기 위에 관광객들이 한 번씩 앉아보며 웃음꽃을 피우는 모습이 이색적이다.

많은 유적 사이를 거닐다가 당시의 보도에서 초기 기독교인들의 간절한 메시지가 담긴 사인을 발견했을 때의 뭉클한 감동을 잊을 수 없다. 한 마리의 물고기는 예수님을 표시하고 둥근 원 안에 아래위로 겹친 십자가는 '예수님은 하나님의 아들이시며 우리들의 구세주이시다.'고 판독되는 사인이다.

이렇듯 이곳 에베소는 초기 기독교 역사와 여러 가지로 사도 바울과 관련이 많은 성지이다. 무엇보다도 사도 바울과 요한이 갖은 박해를 극복하고 이곳 유대인과 이방인들에게 복음을 전하고, 이곳을 근거로 하여 동방의 일곱 교회를 세우고 온 세상에 기독교를 전파하는 기반을 마련했으며, 더욱이 성모 마리아가 살았던 이 세상에 남은 유일한 거처가 있는 곳이라는 점에서 이곳은 분명한 크리스천의 정신적 고향의 하나이다.

두란노서원 (셀세스 도서관)

에베소의 셀세스 도서관은 사도 바울이 에베소에서 머물면서 주의 말씀을 강론하던 장소였다.

시장 옆에 웅장하게 서 있는 대리석 2층 건물인 이 도서관은 1만 2천여 권의 책이 소장되어 있고 그 당시에도 습기나 환기가 잘 되게 설계되어 있다고 한다.

도서관 기둥과 기둥 사이에는 학문의 목표이며, 인간 계몽의 중요한 원리가 되는 지혜, 지식, 우정, 이해를 상징하는 네 개의 여신상이 세워져 있다.

에베소의 셀세스 도서관 유적지에서

✖✖✖ 서머나 교회

궁핍했지만 실상은 영적으로 부요한 교회

서머나는 터키의 3대 도시 중 하나로 오늘날 300만의 인구를 가지고 있는 이즈미르이다. 세계 1차 대전으로 오스만 터키제국이 몰락하고 공화정이 들어서면서 도시 이름이 서머나에서 이즈미르로 바뀌었다.

"네가 죽도록 충성하라, 그리하면 내가 생명의 면류관을 네게 주리라." 라는 말씀을 주님으로부터 들었던 요한 계시록의 교회가 바로 이 서머나 교회이다.

당시 서머나에는 많은 유대인들이 있었다. 큰 세력을 얻은 유대인들은 이곳의 기독교인들을 핍박하였고 따라서 서머나 지역에 살며 신앙생활을 했던 성도들은 다른 어느 지역보다 더 많은 순교자를 내며 자신의 삶을 주님께 드려야만 하였다. 그들은 유대인들로부터 핍박을 받았던 것뿐만 아니라 로마 제국으로부터도 큰 위협 속에 살아야만 하였기 때문이다.

주후 156년경 서머나 교회에는 폴리캅이 교회 감독으로 있었다. 이 폴리캅은 사도 요한의 제자이기도 했다.

폴리캅은 총독 앞으로 끌려가 예수를 부인할 것을 회유, 강요당했다. 이에 폴리캅은 "나는 86년 동안 예수님을 섬겼소. 그러나 그분은 한 번도 나를 버린 일이 없었소. 그런데 어떻게 내가 그를 모른다고 하여 나를 구원하여 주신 왕을 배신하며 모독할 수 있겠소." 라고 말하며 기꺼이 산 채로 불에 타 순교를 마다하지 않았다.

폴리캅을 비롯한 서머나 교회 성도들은 세상으로부터 고난을 받았으나 주님으로부터 칭찬받은 분명 행복한 사람들로 인정받았다.

이러한 폴리캅의 신앙을 기념하여 폴리캅 기념 교회가 세워져 있다. 폴리캅 교회의 천정에는 폴리캅 감독이 순교하는 성화가 그려져 있어 이곳을 찾는 사람들의 눈길을 끌고 있다. 두 손이 묶인 채 집정관의 시퍼런 칼날 앞에서도 당당하게 신앙을 지켰던 폴리캅의 모습이 감동적이다.

산채로 불에 타 순교한 폴리캅 성화

✠✠✠ 버가모 교회

우상의 도시 안에 있던 교회

버가모 도시는 헬라시대에 가장 훌륭한 문화도시였으며 오늘날 소아시아의 만물상 같은 도시이다.

사도 요한이 요한 계시록을 쓸 당시 버가모는 소아시아의 수도로서 약 400년간 아나톨리아의 중심 도시로서 헬라시대의 건축과 조각의 도시로 헬라문화를 선도하였고 20만 권의 장서를 가진 거대한 도서관을 세우기도 하였다.

한편 버가모는 의료의 도시로도 유명하다. 고대 의학의 역사 가운데 히포크라테스 이후 인간의 몸을 최초로 해부하여 환자들의 병을 낫게 하였던 그 유명한 버가모 출신의 의사 갈렌이 있다.

요한 계시록을 통해 보면 버가모 도시는 상당히 우상숭배가 만연하던 곳이었음을 알 수 있다. 버가모 교회라고 알려진 붉은 벽돌의 건물은 원래 이집트의 신 세라피스를 위한 신전이었는데 바닥을 높여 버가모 기념교회로 사용되었다. 그러나 7세기경 불타 버렸고 다시 양 옆에 교회를 건축하여 사용해 오다 오스만제국의 지배 아래 한 곳은 이슬람 사원으로, 다른 한 곳은 박물관의 창고로 사용되고 있다고 한다.

이 밖에도 버가모에는 제우스 신전, 디오니소스 신전, 아스클레피온 신전들이 있어 우상숭배가 심했던 곳임을 알 수 있다.

버가모 고대도시 아크로폴리스 정상에 있는 트라인 황제의 궁터

✖✖✖ 두아디라 교회

요한 계시록에 보면 두아디라 교회는 자칭 선지자라 했던 이사벨의
영향과 그에 따른 우상숭배와 간음으로 인해 주님으로부터 심한 책망
을 받았던 초대 교회이다.

두아디라 시는 염색 기술이 뛰어난 도시였다. 트로이 전쟁사를 썼
던 서머나 출신 시인 호머가 이르기를 "두아디라 시에서 유명한 자주
색 천이 생산되었다."고 하였다.

또한 두아디라 시의 또 하나의 특징은 '길드' 라는 동업 조합이 발달한 도시였다는 것이다. 이는 절기마다 조합원들은 제사에 참여해야만 하고 또한 아폴로 신전에 가서 제사를 드릴 때면 술을 마시고, 우상에게 바친 제사음식을 먹고, 제사의 분위기가 절정에 이르면 신전의 사제들과 음행하였다고 한다. 거짓 선지자에 의해 두아디라 교회 성도들도 일부 이러한 행위에 동참하여 주님으로부터 책망을 받기도 했다.

두아디라 교회는 하나님의 백성으로 살아야 하는 천국시민의 삶보다는 사회적으로 성공과 출세를 위해 그리고 재산을 얻기 위해 현실적인 면이 더 급하였고, 신앙이 변질되어 가는 줄도 모르고 세속화되어 주님에게 경고를 받고 주님이 주신 기회조차 잃고 비극적인 교회가 되고 말았다.

교회 터로 남아 있는 두아디라 교회

✠✠✠ 사데 교회

살았으나 죽은 교회

오늘날 6세기 비잔틴 시대에 세워진 사데 교회가 자리 잡고 있는 교회 건너편에는 세계 7대 불가사의 가운데 하나인 아데미 신전이 있다. 높이 30m의 이오니아식으로 만들어진 돌기둥이 127개나 세워져 있어 당시 이곳에 우상의 신전이 얼마나 웅장하였으며 사데 교회 성도들이 이 우상과의 처절한 영적 싸움에 얼마나 시달렸을까 하는 생각이 든다.

소아시아 일대에서 가장 흥왕하였던 풍요와 다산의 상징인 아데미

사데 교회 유적지

여신, 그리고 신전에 바친 우상의 제물, 제사가 끝나면 이 신전에서 제사를 담당했던 여 사제들과의 혼음 등 이 모든 것은 사데 시의 도덕적인 분위기를 알게 한다.

사데 교회는 처음에는 에베소 교회와 같이 뜨겁게 시작했다가 나중에는 흐지부지 죽어가는 교회가 되었다. 그리하여 주님으로부터 살아 있으나 나중에는 죽은 교회라는 말씀과 함께 온전한 행위를 찾지 못하였다는 책망을 들은 것이다. 사데 교회는 소아시아 7개 교회 중 주님으로부터 칭찬을 듣지 못한 유일한 교회였다.

✵✵✵ 빌라델비아 교회

적은 능력을 가지고도 주의 말씀을 지킨 교회

빌라델피아는 소아시아 일곱 교회 가운데 가장 작은 도시였다. BC 2세기 버가모의 왕 빌라델프스 왕이 이 도시를 세워 그의 이름을 따서 빌라델피아라고 불리게 되었다.

빌라와 델피아의 복합명사로 '형제사랑'을 뜻한다. 이 지역을 처음 전도한 사람은 바울의 친척 누기오로 전해진다.

필라델피아 교회는 적은 능력을 가지고도 주의 말씀을 지킨 교회라는 주님의 평가를 받은 교회이다.

빌라델피아는 라오디게아와 히에라볼리 사이에 위치하고 있어 중요한 교통의 요지로서 농업과 가죽제품의 제조업이 주요 산업이다.

주후 17년과 23년에 큰 지진으로 대파되었으나 그 후 재건되었다. 유적으로 고대의 성벽과 극장, 신전 등이 있으며 주 후 6세기에 건축된 빌라델피아 기념 교회인 요한교회가 황폐한 상태로 3개의 기둥만이 남아 있다.

빌라델피아 교회 유적지

✠✠✠ 라오디게아 교회

부요하나 영적으로 가난한 교회

라오디게아는 데니즐리와 괴묵칼레 사이에 위치하고 있다. 이 도시는 기원 전 250년경 시리아의 안티오쿠스에 의해 건설되었다. 그리고 그는 이 도시를 자기 부인의 이름을 따서 라오디게아로 부르도록 명하였다.

라오디게아는 목양과 목화재배가 활발하였고 의약이 발달한 도시였다. 특별히 '눈병을 고치는 안약을 사서 바르라'고 한 것은 너무나

라오디게아 교회 유적지에서

적절하신 표현이었다.

지금 이 곳은 많은 유적이 남아있지 않고 두 개의 원형 경기장, 고대 올림픽 경기장, 물 저장소, 제우스 신전, 의과 대학이기도 했던 카리안 신전 등이 남아 있다.

당시 라오디게아에서 사용한 물은 히에라볼리의 온천수였다. 히에라볼리의 온천수는 7km에 달하는 수로를 통과하는 동안 식을 수밖에 없어서 라오디게아에 오면 미지근해졌다. 주님은 이러한 도시의 특성과 라오디게아 교회의 미지근한 속성을 비유해서 교회를 책망하셨다.

라오디게아 성도들은 육적인 풍요는 있으나 영적으로는 가난했다.

주님께서는 라오디게아 교인들을 사랑하셨기에 미지근한 신앙을 청산하고 더 뜨거운 믿음을 갖도록 권면하고 계신 것이다.

5. 사도 바울의 선교여행

바나바와 바울은 예수의 가르침(복음)은

유대인이나 유대교 속에만 머물 것이 아니라

전 세계에 널리 알려야 한다는

사명감을 가질 수밖에 없었다.

이때 두 사람은 세계 전도라는

무거운 짐을 질 각오를 하고 있었다.

두 사람은 어떻게 세계전도를 할 것인지,

그 과정과 행선지 등을 생각하고

전략과 전술을 세우면서 안디옥 교회로 돌아왔다.

✠✠✠ 사도 바울의 선교여행

사도 바울

사도 바울은 기독교 역사상 가장 위
대한 인물로 일컬어지는 인물로 유대
인이요, 다소 출신의 로마 시민권을 가
지고 있었고, 열심당원으로 유대주의
자로 스데반 집사의 박해와 살해에 참
여했으며, 다마스쿠스로 기독교인들을
핍박하러 가다 주님을 만나 변화하였
다. 그는 안디옥 교회 선교사로 파송되어 3차에 걸친 전도여행을 하
여 많은 복음의 열매를 거두고, 죄인의 몸으로 4차에 걸친 로마 전도
를 마지막으로 순교를 하였다.

사도 바울의 선교는 전적으로 성령의 인도하심을 통하여 진행된다.
바나바와 바울은 유대인이나 유대교속에만 머무를 것이 아니라, 전
세계에 널리 알려야 한다는 사명감을 가질 수밖에 없었다.

**성령께서는 당시 수리아 안디옥 교회의 지도자였던 바울과 바나바를 구별하여
세계선교사로 임명하고 파송하였다. (행 13:1-3)**

한편 제1차 선교여행을 마치고 모 교회인 수리아 안디옥 교회에 돌
아온 바울은 제2차 선교 여행 시 다시 성령의 강한 음성을 듣게 된다.

그들 일행은 아시아에서 머물면서 복음을 전도하고자 하였으나 성령께서 그 길을 막으시고 이들 일행을 에게 바다 건너편 유럽 지역인 마케도니아 지역으로 인도하신다.

성령께서는 배를 탄 이들 일행을 사모드라게로 직행시켜 이방 세계에 복음을 전하도록 추진하였던 것이다. (행 16:11)

결국 바울이 중심이 된 세계 전도는 총 3차에 걸쳐 이루어지는 데 모두 안디옥 교회에서 출발하게 된다.

✠✠✠ 제1차 선교여행

바울은 루스드라에서 다리를 쓰지 못하는 사람을 고치는 기적을 행하여 칭찬을 한 몸에 받았으나 이 공적을 모두 하나님에게 돌렸다.

키프로스 섬을 경유하여 소아시아로

안디옥교회는 성령이 가장 강력한 전도사인 바나바와 바울로 인하여 세계에 복음을 전하는 거점이 되었다. 바울이 중심이 된 세계전도는 총 3차에 걸쳐 이루어지는데 모두 안디옥 교회에서 출발한다.

바나바와 바울은 안디옥 교인들의 환영을 받으면서 제1차 선교여행 (서기 46~48년)을 시작한다. 이들은 실루기아에서 배를 타고 키프로스 섬으로 건너가 그곳에서 젊은 마가를 만나 조수로 합류한다. 이들 세 사람은 소아시아를 목표로 키프로스 섬에서 북으로 출발하여 밤빌리아의 버가에 도착한다.

바나바와 바울은 예수의 복음을 전하기 위하여 그 여정이 힘들고 어려웠으나 위험한 길을 걸어서 가기로 결심했으나 젊은 마가는 힘든 상황을 보고 버가에서 배를 타고 중간에 예루살렘으로 돌아오고 만다. 마가의 이탈에 바울은 크게 실망한다.

기적을 보여준 바울

이고니온에서 바울의 설교에 많은 유대인과 그리스인이 예수를 믿게 되었다.

루스드라에서 바울은 다리를 쓰지 못하는 앉은뱅이를 치료하자 기적을 본 그곳 주민들이 제우스신으로 받들고 제물을 바치려고 하는 등 그들의 잘못된 신앙을 시정하고 예수의 복음을 전했다. 이 과정에서 몇 번에 걸쳐 핍박자들이 돌로 쳐서 거의 죽기까지 이르렀으나 믿음과 성령의 도움으로 이겨낼 수 있었다.

그 후 바울은 바나바와 함께 마지막 귀환점인 더베로 들어가 전도를 계속하다 루스드라와 이고니온을 다시 경유하여 출발지였던 안디옥 교회로 돌아 왔다. 이렇게 하여 제1차 선교여행은 끝나게 된다.

제1차 선교여행 경로.
제1차 선교여행(46~48년)의 구성원은 바울, 바나바, 마가이다.
마가는 도중에 버가에서 예루살렘으로 돌아간다. 이에 바울은 마가에게 실망한다.

✠✠✠ 제2차 선교여행

예수의 가르침이 드디어 유럽으로 건너가다

1차 선교여행을 마치고 바울과 바나바는 헤어지고 바울은 동행자로 실라를 택하였다. 바울과 실라는 더베와 루스드라를 재방문하였는데, 이곳에서 바울은 지역 사람에게 신뢰받고 신앙이 돈독한 디모데와 동행하여 마케도니아로 건너가 복음을 전하게 된다. 이렇게 하여 2차 선교여행의 일행은 바울, 실라, 디모데 세 사람이 되었다.

항구 도시인 드로아에 도착하여 환상을 본 일행은 바다를 건너 마케도니아에 건너가 복음을 전하게 되는데 이곳에서 누가가 바울 일행과 합류하여 일행은 네 사람으로 늘어났다.

이들 일행이 드로아를 출발한 다음 날, 네압볼리에 상륙하여 마케도니아의 제1도시 빌립보로 들어간다. 드디어 예수의 가르침이 유럽으로 건너간 것이다. 그곳을 떠나 압비볼라와 데살로니가를 거쳐 거기서 서쪽으로 80km 떨어진 베뢰아로 가게 된다.

이곳 베뢰아 유대인들은 데살로니가 사람들보다 신사적이고 좋은 사람들이어서 복음을 듣고 성경을 보고 설교를 들었으며 바울의 설교를 들은 대부분의 사람들이 신앙인이 되었다.

그러나 이 소식을 들은 데살로니가 유대인들이 베뢰아까지 쫓아와 행패를 부리고 핍박하여 바울은 우상과 철학의 도시 아덴(아테네)으로 가고 실라와 디모데는 그곳에 계속 머물렀다.

아테네 학자들 앞에서 연설한 바울

그리스의 대도시 아테네는 학문과 문화의 중심지였다. 바울은 아테네에서 회당과 아고라 그리고 아레오바고에서 복음을 전하여 일부 소수의 개종자를 얻게 되었으나 일부 학자들은 바울이 외국의 신을 전파하는 이야기에 흥미를 갖고 당시 학술 토론장이던 아레오바고의 법정에서 바울연설의 진위를 가리기로 했다.

이곳 당대 최고의 학술 토론장인 아레오바고에서 진리탐구에 일생을 바친 학자들 앞에서 바울은 예수의 복음을 당당하게 전했다.

우주의 창조에서 시작하여 역사와 진화로 이야기를 전개하자, 청중들은 숨을 죽이고 바울의 연설을 들었다. 바울은 최고의 지식인이었다. 학자들은 자연과 역사, 그리고 철학에 걸친 연설을 듣고 크게 기뻐하며 감동했다.

이후에 바울이 아덴을 떠나 로마시대의 대도시 고린도에 가서 소아시아에서 온 본도 출신 아굴라와 그의 부인 브리스길라를 만나 교제하며 안식일마다 회당에 나가 강론하여 이들 부부와 함께 많은 사람들이 예수를 믿게 되었다.

그러나 유대인들은 변함없이 바울의 선교를 방해하고 박해했다.

바울은 고린도에서 1년 6개월 동안 머물면서 많은 신도를 얻었고 그 뒤 에베소로 향했고 다시 배로 지중해 연안의 항구도시 가이샤라에 들렀다가 남하하여 예루살렘으로 가 교회에 인사를 한 뒤, 시리아의 안디옥으로 돌아왔다.

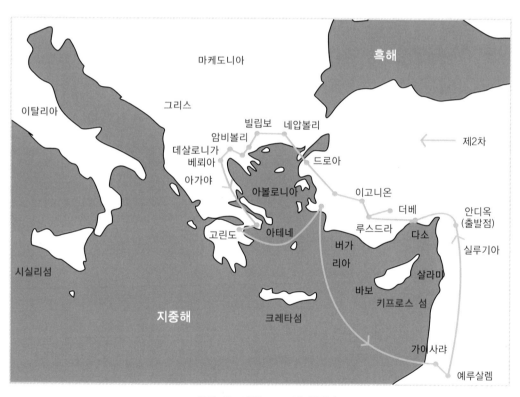

제2차 선교여행(49~52년) 행선지.
일행은 바울, 실라, 그리고 중간에 합류한 누가이다.

✠✠✠ 제3차 선교여행

시리아 안디옥에서 잠시 머문 후 바울은 제 3차 선교여행(53년~57년)을 떠난다. 에베소를 중심으로 소아시아 일대를 복음으로 뿌리를 내리고자 함이다. 이 여행의 동행자는 디모데와 누가였다.

3차 선교여행은 주후 54년부터 시작했는데 이때는 소아시아의 에베소를 선교활동의 기점으로 삼았다. 이 시기에 바울은 두란노 서원 생활 2년을 포함하여 3년을 이곳에서 보내며, 주변지역을 전도하여 많은 성과를 이루고 에베소에서 바울은 많은 기적을 행하였고 제2차 선교여행 때와 마찬가지로 안디옥에서 소아시아로 가, 과거에 설립했던 교회를 방문하고 제자들을 격려하고 여행을 계속했다. 그때 에베소에서는 아굴라 부부가 바울이 오기를 간절히 기다리고 있었다.

소아시아 전체로 퍼져나간 예수의 가르침

에베소에서 아볼로 등 12명의 제자를 거느린 바울은 안식일마다 회당에서 유대인과 그리스도인들에게 복음을 가르쳤다. 그러나 일부 유대인들은 바울을 반대하고 협박하였으나 그는 회당으로 가지 않고 두란노라는 의사의 집에서 예수의 가르침을 열심히 전하였고 이것이 2년 동안 소아시아 전체에 복음을 전하는 성과를 거두었다.

에베소에 전도로 인하여 생계에 큰 타격을 받은 부류가 있으니 아르테미스 신전 덕분에 장사에 번성을 누렸던 이들은 바울의 전도로 인하여 큰 피해를 입었다고 소동을 부리고 폭력을 휘둘러 도시 전체가 큰 혼란에 빠졌다.

바울은 도망치듯 에베소를 빠져나와 마케도니아의 고린도로 가서 3개월을 보내고 고린도에서 드로아, 밀레도를 거쳐 배를 타고 지중해

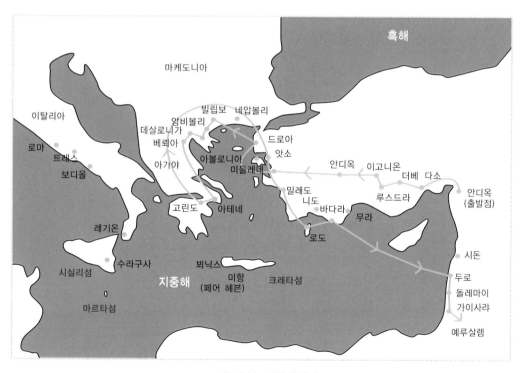

제3차 선교여행 행선지

의 두로에 상륙하여 다시 남쪽으로 내려와 돌레마이를 거쳐 가이샤라에 도착했다. 이곳에서 과거에 바울이 개심하기 전에 스데반 집사와 같이 박해하였던 빌립을 만나 회포를 풀고, 며칠간 그곳에 머물렀고 당시 예루살렘은 위험하니 가이샤라에 그대로 머물러 있으라는 그들의 만류를 무릅쓰고 예루살렘으로 떠났다.

이렇게 하여 제3차 선교여행은 에베소를 중심으로 소아시아에 복음을 전하고 끝을 맺는다.

✠✠✠ 제4차 선교여행

3차 여행 당시 가이샤라에서 2년 동안 감옥살이하던 그는 죄인의 신분으로 제4차 선교여행을 하게 된다. 이때 그는 자신이 원하면 죄인의 신분에서 석방될 수 있는데도 불구하고 가이사의 재판을 받겠다고 주장하여 로마로 호송된다.

바울 당시에는 도로나 숙박시설이 제대로 되어 있을 리 없고 육상 교통도 제약이 많았던 시대였다. 더구나 가는 도중의 곳곳 산중에는 산적들이 출몰하는 등 치안 상태가 형편없고 산악지대가 많았다. 그리하여 그 자신이 술회했듯이 선교여행 중에 사십에 하나를 감한 매를 다섯 번이나 맞고, 태창을 세 번 맞았으며, 한 번 돌로 맞고, 배가 파선하여 죽을 곤욕을 치르기를 세 번이나 했으며, 강의 위험과 강도의 위험을 겪고, 여러 번 굶고 춥고 헐벗는 고난(고후 11:24-27) 속에서도 그는 복음을 전한다는 믿음 하나만 가지고 이 방대한 지역을 누비고 드디어 죄인의 몸으로 로마에 입성한 것이다.

이때에 반 자유인의 몸으로 있으면서 로마인들에게 복음을 펴는 한편 자신이 개척한 여러 교회의 제자들에게 편지를 보내 앞으로의 방향을 지시하고 혹은 훈계하여 믿음을 굳게 세우도록 했던 것이다.

2년 동안 로마에서 예수의 복음을 전하다

쇠사슬에 묶인 사도 바울 일행은 걸어서 제국의 수도 로마에 도착했다. 이때가 서기 61년이었으므로 바울이 세계선교를 위해 로마를 방문하기로 결심한 지 7년이라는 세월이 흐른 뒤였다. 로마에 도착한 3일 뒤, 바울은 유대인들을 모아놓고 다음의 네 가지를 설명하였다.

첫째, 자신은 유대인의 종교 전통을 위반하지 않았다.
둘째, 로마제국의 법률을 위반하지 않았다.
셋째, 예루살렘과 가이샤라에서 로마인이 죄 없는 자신을 석방하려 했으나 유대인이 죽이려 했으므로 하는 수 없이 로마 황제에게 상소했다.
넷째, 자신이 쇠사슬에 묶여 있는 것은 메시아와 하나님의 나라의 도래를 바라는 유대인의 희망을 위해서이다.

제4차 선교여행 행선지

유대인들은 예수 신앙에 대하여 바울에게 직접 듣고 싶다고 청하기
도 했다. 이에 바울은 모세의 책과 예언서를 인용해가면서 예수야말
로 유대인이 오랫동안 기다려온 메시아라는 것을 설명했다.

이렇게 하여 바울은 조금도 방해받지 않고 2년 동안(주후 61~63년)
자신의 숙소에서 방문하는 사람들에게 예수 그리스도의 복음을 전하
다가 순교하게 된다. 나사렛의 한 작은 마을에서 시작한 가르침이 예
수그리스도가 직접 사도로 부른 바울의 활약으로 드디어 제국의 수도

로마에서 전해지게 된 것이다.

여기까지의 이야기가 신약성서의 복음서와 사도행전에 기록되어 있다.

바울의 넓고 방대한 지역에 걸친 전도활동의 결과로 그는 신약 성경의 반이 넘는 분량의 기록을 남길 수 있었던 것이다. 왜냐하면 신약 성경 27권 중에 바울의 13개의 서신서와 한 개의 저서 외에도 누가복음이나 사도행전은 누가가 쓴 것이지만 의사 누가는 그의 감화로 크리스천이 되고 그와 동행하여 사역에 나섰던 까닭에 바울이 전하는 초기 기독교 모습을 제대로 전할 수 있었던 것이다.

그는 열정과 사명감으로 로마의 동부지역 곳곳에 복음을 전파하고 수많은 뛰어난 제자들을 두게 되었으며 한마디로 말하여 그는 복음의 세계화에 결정적인 역할을 했던 것이다.

이처럼 위대했던 바울이 오며 가며 네 차례나 방문했던 밤빌리아의 주수도 버가는 그 후 숱한 민족이 명멸한 가운데 이렇듯 폐허로 버려져 있다. 많은 순례자들이 이 유적지를 순례하면서 고산준령을 넘어 아나틀리아 내륙지방으로 전도여행을 다녔던 바울을 생각하노라니 그의 지칠 줄 모르는 열정과 복음정신에 그저 머리가 숙여질 따름이다.

바울이 갇혔던 감옥

사도 바울은 처음 로마로 압송되어 마메로룸이라는 감옥에 갇혀 있었다. 사진의 밑에 보이는 글씨는 이 감옥에 갇혔던 죄수들의 명단인데 사도 바울과 베드로의 이름이 여기에 있다. 그러나 사도 바울이 위험인물이 아니고 또 로마 시민권도 가지고 있음을 알고는 군인 한 사람으로 감시하게 하고 그를 풀어주었다. 바울은 셋방을 얻어 복음을 전하고 말씀을 가르치기 시작했다. 2년 동안 전도했으나 방해하는 사람이 없었다고 한다.

사도 바울이 로마 황제였던 네로에게 재판을 받고 절두 형으로 순교한 장면을 표시한 부조가 바울 순교 기념교회 안에 보관되어 있다.

로마에서 바울의 절두형 순교 장면

2장

종교개혁지

유럽

1. 유럽에 입국하면서

종교개혁지 동 유럽 지역을 답사하기 전에

많은 사람들이 꿈꾸는 여행지는 단연 유럽이다. 다행히 나는 과거에 기회가 있을 때마다 유럽의 여러 나라를 여행할 수 있는 기회가 있었다. 프랑스, 영국, 이태리, 스페인, 그리스, 스위스, 독일 등 유럽의 각 나라는 나름대로 매력을 지니고 있지만 금번 동유럽(종교개혁지)의 성지 답사 여행은 더 큰 매력이 아닐 수 없다.

동유럽

아직 동유럽은 우리에게 낯설고 잘 알려지지 않은 나라들이다. 오래전부터 동유럽의 향수에 끌림이 있었다. 익숙하지 않은 데서 오는 두려움과 설렘을 느낄 수 있고, 남이 자주 가지 않은 곳에 대한 모험심을 유발하기 때문이다. 역사 속에서 숨 가쁘게 살아온 나라들! 지리적으로 사방팔방에서 드나들 수 있는 교통의 요충지이기에 실지는 동유럽이라기보다는 중유럽에 해당한다.

아름다운 자연, 풍부한 문화유산, 유럽의 본래의 그림 같은 풍경이 그대로 남아 있는 곳, 동유럽은 특히 볼 것이 많다. 모든 도시가 역사적인 건축물과 조각상, 고색창연한 고성, 문화유산으로 가득 차 있다. 긴 세월의 역사적인 사연이 가득 새겨진 유산이다.

동유럽의 여행은 무작정 떠나는 여행이 아니다. 미리 역사적인, 지리적인, 문화적인 배경과 지식을 알고 떠나면 좋다. 사실 여행은 준비

종교개혁지 보름스교회 앞의 마르틴 루터와 개혁자들의 동상

자체가 여행의 한 일정이다. 그렇지 않으면 다녀와서 남는 것은 오래된 고성(古城)과 화려한 대성당, 박물관과 유적, 조각 작품 등 이에 대한 기억뿐이다.

출반 전에 준비가 없을 수 있다

다녀와서라도 다시 남은 사진첩을 보면서 되돌아보며 역사를 공부함이 크게 도움이 될 줄 안다. 이 부족한 책자가 혹시 준비 안 된 분에게 도움이 됐으면 하는 마음으로 이 책자를 바친다. 여행의 발걸음을 되살리기 위해 사진을 좀 많이 실었다.

천년의 향기가 넘치는 프라하.

아름다운 역사를 보여주는 바르샤바.

인간의 잔악성에 몸서리쳐지는 아우슈비츠 강제수용소.

한 폭의 수묵화 같은 헝가리의 부다페스트.

종교개혁지 보름스 교회와 마틴 루터의 동상.

파리 세느 강 유람선에서 올려다 본 에벨탑의 야경.

❈❈❈ 종교, 역사, 지리적인 오늘의 유럽

　종교개혁지, 유럽을 답사하기 전에 성경말씀과, 유럽의 역사, 지리적인 배경 그리고 오늘의 현실을 살펴보자.

　구약시대가 끝나고 약 400년 뒤(지금으로부터 약 2000년 전) 유대 베들레헴에서 예수가 목수 요셉의 아들로 태어났다. 예수는 구약시대의 예언자들이 예언했던 메시아이다. 예수는 약 3년 동안 하나님이 어떤 분이며, 어떻게 하면 구원받을 수 있는지를 사람들에게 가르치고, 환자를 고치는 수많은 기적을 행했다. 예수의 가르침을 듣고 기적을 본 많은 사람들이 그의 제자가 되었다. 그리하여 그를 따르는 신도가 점점 늘어갔다.

　또한 예수는 자신의 가르침을 널리 전파하기 위하여 12명의 제자를 골라 가까이 두고 훈련을 했다. 당시 유대사회의 권력자인 바리새파의 제사장들은 예수를 자신들의 권위를 부정하는 위험인물로 보아 십자가에 못 박아 죽이고 말았다. 여기까지가 역사적 사실이다. 예수 신앙은 여기에서 시작한다.

　죽은 지 3일째 되는 날, 하나님은 예수를 다시 살렸으며 40일 후에는 하늘로 돌아오게 했다. 십자가 위에서의 예수의 죽음은 하나님에 대한 인류의 반역이었던 아담의 죄를 속죄하는 것이었다. 모든 사람들의 죄를 홀로 짊어진 예수가 속죄를 위해 십자가에 못 박혀 죽은 것이다.

예수가 죽은 뒤, 사도와 바울을 중심으로 한 신도들의 활약으로 예수의 복음은 그리스, 소아시아, 그리고 당시의 패권국이었던 로마 제국의 수도 로마까지 전해졌다.

　당시 유대는 국가의 형태는 가지고 있었지만 로마제국의 지배를 받고 있었고 AD 70년에 로마제국에 전멸당하고, 나라를 잃고 디아스포라가 된 유대인들은 유럽 각지에서 핍박과 말살정책에 희생된다. 폴란드의 아우슈비츠 수용소의 인간 말살 공장에서 예수를 십자가에 죽인 죄의 형벌을 받는다.

256번째 바티칸 교황 베네딕트 16세

세상에 없어져야 했던 민족이 1945년 5월 14일 다시 태어난다. 세기의 기적이요, 불가사의한 일이다. 성경의 예언이 이루어진 것이다. 오늘날 20세기에 지구상의 관심의 초점은 이스라엘 국가요, 유대민족이다.

종교보다 문화로 명맥 잇는 오늘의 유럽 기독교

313년 밀라노 칙령으로 로마제국이 기독교(구교, 가톨릭)를 공인한 이래로 지금까지 약 1천7백 년간 기독교는 유럽인들의 삶의 푯대로서, 문화의 구심점으로서 역할을 해왔다. 초기 기독교의 수장인 교황은 예수 그리스도의 열두 제자 중 수제자인 성 베드로를 1대 교황으로 해서, 256번째 교황인 지금의 베네딕트 16세에 이르고 있다. 역대 교황은 황제와 유럽 각국의 왕들 위에 군림할 정도로 막강한 정치권력을 행사했었다.

르네상스 시대는 중세시대까지 이어진 기독교 중심의 생활을 인간 중심의 생활로 옮겨놓았고, 이러한 사조는 기독교계마저 세속화하는 데 일조했다. 돈을 주고 표를 사듯이, 돈을 내면 구원을 받는 '면죄부' 판매로 교회의 부패가 정도를 넘어서자, 종교개혁자들(Reformers)이라 불리는 깨어 있는 양심의 성직자들은 정의를 바로 세우기 위해 침묵하지 않았다.

1517년 마르틴 루터는 95개조의 반박문을 공표하며 그 당시 기독교의 문제인 '면죄부'에 대하여 비판했고, 이것이 종교 개혁의 시발점이 되었다. 당시 교황 레오 10세는 메디치 가문 출신으로서, 세속화된 로마 교황은 루터의 성직을 박탈했다. 당시 세속화된 교황청은 강력한 통치 기반을 확보한 영국이나 프랑스, 스페인보다는 분열된 독일에서 더 많은 재정적 착취를 자행했다.

종교 개혁은 순탄치 않았다. 기존 가톨릭(구교)과 프로테스탄트(신교)는 오랜 기간 충돌했고, 혁명을 일으키거나 전쟁까지 치렀다. 그 대표적인 예가 프랑스의 위그노 교도들과 구교간의 전쟁인 위그노전쟁과, 독일의 30년 전쟁, 영국의 청교도들(Puritans)이 일으킨 청교도혁명이다.

프랑스의 위그노 교도들(프랑스의 칼빈주의 프로테스탄트)은 메디치 가문 출신의 왕비의 박해를 받고, 종교의 자유를 찾아 1570년대에 스위스, 네덜란드, 독일 등지로 피신했다.

영국의 청교도들은 영국의 왕 제임스 1세 통치하에 박해를 피해 종교의 자유를 찾아 1620년 메이플라워를 타고 신대륙 아메리카로 떠나 그곳에 정착했다.

당시 종교개혁이라는 새로운 시대를 여는 개혁에 반대한 세력은 금권에 의하여 권력을 잡은 메디치 가문이다. 메디치 가문 덕에 화려한 르네상스가 펼쳐진 것도 사실이지만, 세속적인 메디치가에서 배출된 교황과 왕비는 종교를 인간중심의 행사하는 도구로 전락시켰던 것이다.

한편 유럽에서 기독교의 문화적 기여는 건축, 그리고 그림 및 조각에서 두드러지게 나타난다. 유럽의 3대 성당인 바티칸의 성 베드로 성당, 독일 쾰른 대성당, 런던 세인트폴 성당에서 보듯이 유럽의 도시마다 성당이나 교회가 자리 잡고 있고, 그곳이 바로 지역 사회의 중심으로 광장을 형성했다. 그리고 성당 내부는 성경을 테마로 한 그림과 조각들로 채워졌다.

동시에 왕실과 함께 교회는 음악 발달에도 기여했다. 궁중 음악과 함께 종교음악으로서 지금의 서양음악의 발달에 큰 기여를 했다.

16세기~17세기를 종교 전쟁의 시대라고 한다

가톨릭(구교)과 프로테스탄트(신교)의 대립은 점차로 정치화하여 16~17세기 전반에 걸쳐 종교 전쟁으로 확산된다.

종교, 정치에 얽힌 전쟁은 참혹하리만치 잔인했다. 최대이자, 최후의 전쟁은 독일의 30년 전쟁이다. 이 전쟁은 1618년 보헤미아(체코)의 수도 프라하에서 신교도에 대한 종교 탄압에 저항한 신교 귀족이 궁전 창문 밖으로 대관을 던져버린 사건이 계기가 되었다.

전쟁은 덴마크, 스웨덴, 프랑스의 개입으로 30년이란 세월동안 장기화되었으며 독일은 황폐하고, 1,800만이던 인구가 700만이 되었다.

네덜란드는 종교전쟁으로 스페인에서 분리되고, 영국은 100년 전쟁, 30년 장미전쟁으로 청교도혁명에서 독재자로 전환되며, 또한 르네상스시대 최대 세력이던 폴란드는 세 번이나 분할되어 멸망되었다가 다시 독립한 것은 제1차 대전 후로 100년이 지난 다음이다.

가톨릭(구교), 프로타스텐트(신교) 그리고 유대교의 공통점은 유일신인 하나님을 믿는다는 점이다. 그런데 독일의 30년 장미전쟁에서는 유럽 가톨릭 국가와 프로테스탄트 국가 간에 총칼을 겨누고 싸웠고, 2차 대전에서 기독교인들은 유대인들을 학살했다. 이런 전쟁들을 볼 때 종교는 인간에게 명분이고 구실이었다. 성경의 가르침을 실천하는 참된 신앙이 아니었던 것이다.

유럽에서 종교로서 기독교 신앙을 지키는 사람들의 수는 점점 줄어들고 있다. 하지만 성탄절, 부활절, 성령강림절이 서유럽 대부분의 나라에서는 공휴일로 자리 잡고 있는 사실에서 보듯이 경건의 모양은 있으나 경건의 능력은 부인하는, 즉 신앙의 내용은 없고 형식만 존재하는 경우가 허다하다. 이제 유럽의 기독교는 일부에서만 종교로 남아 문화와 전통으로 그 명맥을 이어가고 있는 것이다.

✖✖✖ 오늘의 유럽

유럽 특히 동구권 유럽이 공산주의 이데올로기에서 자유로워진 지금 그들은 어떻게 변했으며, 어떻게 살고 있는지 궁금했다.

한마디로 유럽은 이제 공산주의도, 자유주의도 아닌 세속주의와 상업주의가 주인 노릇하는 느낌, 즉 허무와 쾌락의 세상에 치우쳐진 느낌이다.

냉전시대에 이데올로기가 소멸된 그 공백을 대신 할 어떤 희망도, 대안도 보이지 않고 유럽의 기독교가 조금씩 기지개를 펴는 징조도 없었다.

얼마 전까지 유럽은 삶의 질에서 지구상에서 최상이었고, '국민을 요람에서 무덤까지' 돌보는 유모 국가였다.

1993년 11월, 세계인은 인류사에 새 장을 여는 사건을 지켜봤다.

냉전시대 미, 소 대국 중간에서 공동 연합하여 자국의 주장과 권익을 세우기 위하여 영국의 처칠 수상의 주장에 의하여 발족되어 독일과 이탈리아, 프랑스 등 유럽 12개국이 유럽연합 (EU)을 출범시킨 것이다.

유럽 의회와 정부를 만들고, 공동의 경제, 외교, 안보, 정책을 추진하기로 했고 6년 뒤 1999년 유럽 단일통화인 유로화를 발행했다. 뒤에 동유럽을 포함한 유럽 15개국이 가세하면서 EU는 2007년 현재 27개국 회원국에 인구 5억 명, GDP 16조 5천억 달러는, 14조 3000억 달러에 이르는 미국 GDP를 능가하는 세계 제일의 경제권을 이루는 세계 최대의 단일 경제권이 됐으며 우리나라와 EU와의 자유무역협정이 발효됨으로, 우리나라와의 교역량도 연간 1000억 달러가 된다고 한다.

국제 사회는 이러한 유럽의 변화를 경외의 눈으로 유럽을 주목했다. 미국과 어깨를 나란히 할 수 있는 슈퍼파워가 등장한 것이다. 미합중국에 빗대 유럽합중국이란 말이 나왔다.

그러나 작금의 현실은 그렇지 않다. 최근 유럽 일부(남유럽, 그리스 등)에서 터져 나온 재정위기는 유로 존 전체를 공멸위기에 빠뜨린 데 이어 유럽의 자존심마저 벼랑으로 빠뜨리고 있다.

"유로가 실패하면 유럽연합이 무너진다." 독일의 메르켈 총리는 유럽이 현재 처한 금융위기를 이렇게 단적으로 표현했다.

많은 관광객과 성지순례자들이 독일 비텐벨그 캐슬 교회 앞에 많이 모였다

1517년 당시 마르틴 루터가 가톨릭교회에 대한 95개조 반박문을 교회 정문에 붙여 종교개혁의 불길이 되었던 교회가 바로 이 비텐벨그의 캐슬 교회다.

많은 사람들이 한 목소리로 우리 귀에 익숙한 찬송을 부른다. 찬송가 384장 "내 주는 강한 성이요, 방패와……" 라는 마르틴 루터가 작사한 찬송이었다.

　많은 사람들이 이 찬송을 부르지만, 힘이 없고 어딘지 모르게 쓸쓸하다. 이유는 대부분 사람들이 고령인 노인들뿐이라는 이유이다.

　오늘의 유럽교회의 문제는 젊은이들이 없다는 사실이다. 유럽 도처에 세워진 100년 전, 500년 전 고색창연한 성당들은 거의 소수의 고령의 노인들에 의하여 명맥을 유지할 뿐, 몰려드는 관광객들의 입장료로 수입이 높아질 뿐이라 한다.

베오그라드의 고대 성벽 뒤에 고색창연한 교회

✤✤✤ 유럽, 미국에 번지는 이슬람 공포증

우리가 더욱 놀란 사실은 유럽의 많은 성당과 교회 사이사이에 이슬람 사원의 첨탑이 많이 눈에 뜨인다는 사실이다.

5억 명 인구의 유럽연합 (EU)내 무슬림 수가 1,800만 명에 달하고 이슬람사원(모스크)이 6000곳을 넘어섰다.

네덜란드 로테르담에는 서유럽에서 가장 큰 이슬람 사원이 건설 중이고, 영국 런던에도 1만 2천 명을 수용할 수 있는 사원 건설이 계획되어 있다고 한다.

미국에서는 뉴욕 '그라운드 제로(Ground Zero)' 주변에 이슬람 사원 건립을 싸고 논란이 일고 있다. 그라운드 제로는 미국이 네바다 사막에서 처음으로 핵실험을 했을 때 핵폭탄이 터진 폭심지(爆心地)를 말한다. 이 핵실험 용어는 그 후 역사를 바꾼 대사건의 발생지를 지칭하는 상징어가 되었다고 한다.

21세기의 그라운드 제로는 9.11 테러로 무너진 뉴욕 시 쌍둥이 빌딩 무역센터의 폐허 지점이다. 이곳에서 두 블록 떨어진 맨해튼 남단에 이슬람 사원과 이슬람 문화센터가 세워진다고 한다. 이 계획을 놓고 고민하던 뉴욕 시는 최근 건축허가를 내주었고, 오바마 대통령이 백악관 만찬 연설에서 "한 시민으로서, 그리고 대통령으로서 무슬림들도 이 나라의 모든 시민과 마찬가지로 종교의 자유를 누릴 권리가 있다고 믿는다." 라고 말했다.

106

유럽에 태양과 같이 떠오르는 이슬람 사원

　하지만 이날 미국 전역은 분열과 반목으로 얼룩졌다. 백악관 주변에서 코란을 찢는 시위가 벌어졌고 그라운드 제로 인근에서도 한 사내가 코란 한 페이지를 불태우는 파행이 속출했다.

　기독교 문명의 본산지인 유럽에서 이슬람은 끝내 섞이기 힘든 존재라 한다. 유럽, 이슬람의 갈등은 중세 십자군 전쟁 시절까지 거슬러 올라간다. 그러나 1,2차 세계대전을 겪으면서 유럽은 불관용이 가져온 식민지배와 대량 학살의 부끄러운 역사를 반성하는 의미에서 이슬람권 이민자들을 대량 이민을 무조건적으로 받아들였던 현실이 오늘에 이른 것이다.

그러나 9.11테러에 이어 마드리드 테러와 런던테러, 네덜란드의 영화감독 테오 반 고흐의 살해사건 등 이슬람 극단주의자들의 만행을 주시하면서 이제는 관용이 더 이상 용납되지 않는 유럽 사회 분위기로 조성되어 간다는 현실이다.

각국에서 이슬람 경계의 목소리가 높아가고 있는 분위기 속에서 우리 일행은 동유럽 13개국을 순례하기 위하여 발걸음을 옮긴다.

✠✠✠ 미국과 유럽, 그리고 예수

금번 유럽 여러 나라를 순례하면서 나의 머리에 칼럼 하나가 떠오른다. 미국 미래 경제학자 제러미 리프킨의 칼럼이다.

요한 바오로 2세가 서거하고, 새 교황 베네딕트 16세가 선출되면서 지난 몇 주간 전 세계의 시선이 기독교 신앙에 쏠렸다. 어떤 이들은 유럽에서 가톨릭과 개신교 신자가 서서히 줄어드는 시점에 독일인 추기경이 교황에 선출된 것이 옳았는지 의문을 제기한다.

만약 예수가 살아나 이 세상에 재림한다면 어느 나라를 흡족한 마음으로 찾아갈 것인가. 신을 두려워하는 미국인가, 아니면 신이 사라진 유럽인가.

아마 미국이라고 생각하는 사람들이 많을 것이다. 미국인들은 선진국 중 가장 독실한 크리스천이다. 미국인 중 58%가 적어도 하루에 한 번 기도를 드리고 절반에 가까운 사람들이 일주일에 한 번 예배에 참가한다. 3분의 1 이상이 성경말씀이 하나님의 실제 말씀이라고 믿는다. 신이 인간을 창조했다고 믿는 미국인은 45%, 성서를 갖고 있는 미국인은 93%에 이른다.

그러나 유럽은 어떤가. 독일에서는 21%만 종교가 중요하다고 믿는다. 영국은 16%, 프랑스는 14%에 그치며 스웨덴과 덴마크는 10%가 채 안 된다.

이와 같은 통계치는 10명 중 6명의 미국인이 신앙과 일상의 모든 부분이 연결돼 있다고 대답하는 사실과 대조된다.

하지만 예수의 가르침을 충실히 따르는 것은 미국이 아니라 유럽이다.

기독교 신앙의 핵심은 용서와 회개이다. 극악무도한 죄인조차 구원받을 수 있다. 예수는 산상수훈에서 "너의 오른뺨을 치는 자에게 왼뺨을 내밀라."고 가르쳤다. 유럽인들은 이러한 용서와 회개의 정신을 법으로 명문화 했다. 유럽연합 27개 회원국 모든 나라에서 사형제는 자취를 감추었다. 반면 미국에서는 38개 주가 사형제를 허용하고 있으며, 지난 29년간 800명이 넘는 사람이 사형됐다.

전쟁에 대해선 또 어떤가.

예수는 "평화를 사랑하는 자는 축복 받으리라."고 설교했다. 그러나 세계에서 가장 기독교 신앙이 강한 미국이 세계사를 통틀어 가장 강력한 군대를 자랑한다. 미국은 국방 예산 10위권 안의 다른 아홉 나라를 전부 합친 것보다 많은 국방비를 쓰며, 이는 전 세계 국방비 지출의 40%를 차지한다.

미국이 전쟁을 위하여 힘쓸 때 유럽연합(EU)은 평화의 실천을 위해 노력한다. 지난 50년 간 세계분쟁지역에 파견하는 평화유지군의 80%를 유럽연합이 담당했다. 재건비용의 70%를 부담한 것도 유럽연합이라 한다.

예수의 설교에는 가난하고 불우한 이웃에게 봉사하라는 말씀이 가득하다. 그러나 미국은 이러한 가르침에서 너무 멀리 떨어져 있다.

EU 회원국 중 미국보다 불공평하게 부의 분배가 이루어지는 나라

화려한 유럽의 성당 앞에서

는 없다. 미국 내 빈곤층 숫자는 16개 유럽국가 전체의 빈곤층보다 많다고 한다. 예수는 비폭력을 외쳤지만 교회 참석률이 선진국 중 가장 높은 미국에서 2억 5천만 정의 권총이 유통된다. 신의 창조물을 존중하고 보호하라는 말씀도 유럽인들이 적극적으로 실천한다. 지구 온난화 협약과 종의 다양성 협약으로 끌어낸 것도 유럽이었다. 미국은 두 협약의 인준을 거부했다.

이러한 사실들은 다시 한 번 우리에게 질문을 던진다. 교회에 여러 번 나간다고 성경말씀을 제대로 실천하고 있다고 말할 수 있는가. 예수의 가르침이 미국과 유럽 중 어디에 더 생생히 살아 있는가. 유럽의 여러 나라를 답사하면서 모든 분야에 다시 상기해 볼 기회가 있음을 큰 보람으로 생각한다.

2. 네덜란드 (암스테르담)

✳ 네덜란드에 입국하면서
✳ 종교
✳ 치즈 공장 견학
✳ 나막신 공장

Netherlands

✠✠✠ 네덜란드에 입국하면서

서유럽에 있는 입헌 군주국가로 암스테르담이 수도이다. 인구밀도가 높은 나라로 국토의 25%가 해수면보다 낮기 때문에 네덜란드라는 이름도 현지어로 '낮은 땅' 이란 뜻이다.

독립국가가 되기 전 네덜란드는 스페인 합스부르크 왕실의 지배하에 있던 식민지에 불과했다. 경제적으로나 종교적으로 스페인이 심한 압박을 가하자 네덜란드의 17개 주 중, 북부 7개 주가 반기를 들고 일어나 80년에 걸친 독립전쟁이 시작되었고, 이 전쟁의 결정적 전환점 중 하나인 스페인의 강력한 진압군에 의하여 전략 요충지 라이덴 시가 포위공격을 당하여 누란의 위기에 처하게 되었다. 이때 오늘날 네덜란드 독립의 국부로 추앙받는 오라녀 공에 의하여 제방을 터뜨려 이 지역을 물바다로 만들어 스페인 진압군을 물리친 결과를 이루었다는 역사적 일화가 있다.

이 나라에는 제방과 풍차, 나무신발, 원예(튤립), 식품 가공, 낙농 산업으로 유명하며, 특히 치즈와 꽃(튤립)은 네덜란드의 주종산업이다.

인천 공항을 출발하여 홍콩을 경유하여 네덜란드 수도 암스테르담 국제공항에 도착하고 버스를 이용하여 공항에서 30분 거리에 있는 네덜란드 민속마을인 잔세스칸스로 이동하여 첫 답사를 시작했다.

관광버스로 이 마을에 방문하는 여행자들은 이 마을에 들어서기 전부터 잔잔한 바다 위로 풍차가 떠 있는 모습에 발걸음이 바빠진다. 마

잔세스칸스 민속마을의 풍차를 배경으로

을 입구에 들어서면 푸른 나무 아래 바닥이 훤히 보이는 깨끗한 강물이 있고, 그 위를 오리들이 헤엄치는 아름다운 모습으로 여행자를 반긴다.

마을을 지나 들판으로 나서면 커다란 풍차 3개가 푸른 하늘을 배경으로 돌아가고 있다. 어려서 동화 속에서 보고 마음속에 그리던 풍경에 여행자들의 마음은 마냥 즐겁다. 18세기까지 이곳에는 700개가 넘는 풍차가 있었는데 지금은 4개만 보존되어 있다.

암스테르담은 17세기에 가장 각광받는 무역도시로 명성을 날릴 수 있었던 것은 도시의 중앙을 거미줄처럼 얽혀 있는 운하로 인하여 도심은 90여개의 섬으로 나뉘고 섬과 섬은 다리로 연결되어 전 세계의 화물운반에 이상적인 역할을 하기 때문이다. 수상교통의 중요성도 크지만 관광 명소로서 매년 2,4백만 명의 외래 관광객들이 이 운하의 매력에 끌려 70여 척의 관광 보트를 이용하여 경제적인 발전에 큰 역할을 담당한다는 것이다.

이 나라는 역사적으로 영국과의 계속되는 마찰로 인한 전쟁에서 불이익을 당하였고, 1810년에는 프랑스에 휘말려 프랑스 영토가 되는 비운을 겪는 아픔도 있었으나, 1815년에 네덜란드 왕국, 즉 입헌 군주제로 새롭게 탄생하여 현재의 국왕은 베아트릭스 여왕이다.

✠✠✠ 종교

네덜란드는 종교개혁의 전통을 갖고 있는 개신교 국가이기 때문에 메노나이트 교회 신자들이 박해를 피해 망명하기도 하였다.

현재도 이 나라의 기독교인의 30%가 개신교 신자이며, 최대 교단은 네덜란드 개혁교회(네덜란드 장로교회)이다. 로마 가톨릭교회는 개신교가 많지 않은 남부지역에서 영향력이 있고 이 외에 힌두교, 유대교, 이슬람교도들도 있다고 한다.

✖✖✖ 치즈공장 견학

　많은 관광객들이 풍차 언덕을 내려와 찾아가는 장소가 유명한 치즈공장이다. 이곳의 치즈공장은 네덜란드에서 나오는 각종 치즈가 전시되어 있으며, 특히 치즈마다 샘플이 있어 무료시식을 할 수 있는데 어느 것을 먹어도 색다르고 맛있다. 치즈는 로마시대부터 황제와 귀족의 연회에 오르는 고급음식이었다.

　좁은 공장이지만 단계마다 제작 과정을 친절하게 설명하여 준다. 치즈는 우유를 유산균이나 효소작용으로 응고시켜 수분을 제거하는 발효식품으로 '신으로부터 물려받은 최고의 식품'이라고 한다.

진열된 치즈 상품

치즈는 우유의 산지와 종류에 따라 치즈의 맛과 향이 다른데 네덜란드 치즈는 초원이 많아 낙농업을 할 수 있는 최고의 자연환경을 갖춘 데다 춥지도 덥지도 않은 기후 때문에 우수하다고 한다.

특히 잔세스칸스의 치즈는 신으로부터 물려받은 최고의 식품으로 지방이 많아 유럽시장에 인기 좋은 주종 사업이기도 하다.

✖✖✖ 나막신 공장

우리 일행은 치즈 공장을 나와 얼마 떨어져 있지 않은 나막신 공장으로 안내되어 갔다. 나막신 공장 앞에는 사람 다섯 명이라도 들어갈 수 있는 커다란 나막신이 있어 기념사진을 찍기에 좋다. 나막신 공장 안으로 들어가면 많은 TV 모니터에서 나막신에 대한 공정과 역사를 다큐멘터리 형식으로 보여준다.

가게 안으로 들어가면 직접 나막신을 깎는 모습을 보여준다. 처음에는 사람이, 나중에는 기계가 나막신을 만들어 내는데 그 공정 과정이 순식간에 이루어져 관람하는 사람들을 놀라게 한다.

나막신 가게에는 수백 가지의 화려한 나막신이 전시되어 있어 보고만 있어도 신기하고 즐거움이 넘친다.

나막신이 개발된 이유는 국토가 지금처럼 개간하기 전에 바다보다 육지가 낮아 항상 질퍽한 땅 위에서 살았기에 이런 땅에서 이동하는

데 가장 편리한 신이 나막신이었기 때문이다.

잔세스칸스 나막신 공장과 전시실.
네덜란드는 땅이 바다보다 낮아 항상 질퍽한 땅에서
살았는데 이동할 때 가장 유리한 신발이 나막신이다.

Italy

3. 이탈리아 (로마, 바티칸 시)

✠✠✠ 로마에 입국하면서

이탈리아 반도의 역사는 구석기시대까지 거슬러 올라간다. 특히 BC 7세기경 이곳에 문명을 전개한 그리스인이나 에트루리아인의 문화유산이 현재에도 많이 남아 있다고 한다.

이탈리아 모든 지역이 로마제국의 역사 유적지이므로 어디를 가나 기독교의 수많은 교회들이 남아 있다.

특히 로마는 하나의 박물관이라고 할 정도로 도시 자체가 역사의 유적들로 가득하며 로마제국은 유럽 역사상 매우 중요한 위치를 차지하고 있다.

로마가 탄생한 것은 기원전 6세기 말이고 그 전성기는 기원을 전후한 2세기에 걸친 2백여 년이다. 396년, 로마제국은 동로마제국과 서로마제국으로 분열되었고, 서로마제국이 약 천 년, 비잔틴제국인 동로마는 15세기 중반까지 존립하여 약 2천 년 동안 번영을 유지한 셈이다.

대제국이 되는 계기가 된 포에니전쟁

로마는 원래 이탈리아 반도의 소규모 세력이었는데, 대제국이 될 수 있었던 계기는 백여 년 동안 세 번에 걸쳐 실행된 로마와 카르타고의 포에니전쟁이었다. 포에니전쟁으로 카르타고를 물리친 로마는 지중해 연안에 있던 카르타고의 영토를 얻었고, 그 결과 로마는 처음으로 해외의 영토를 지배하게 된다. 기원전 1세기경, 수많은 사병을 거느린 유력자들이 로마의 정치를 장악하게 되었고 기원전 27년경에는 경쟁에서 승리를 거둔 옥타비아누스가 황제가 되어 로마의 대외 진출을 가속한다.

이어서 2세기에는 지중해연안 전역과 프랑스, 영국의 대부분이 로마 영토가 되는데, 그동안 예루살렘은 로마인에게 파괴되고 유대인들은 각지로 흩어졌다.

로마제국은 수많은 민족을 멸망 시켰지만 5세기에 이르러 게르만인에게 의해 패망한 후 재기하지 못하였다.

로마 문화의 핵심에는 그리스 문화가 공헌한바 크며, 유럽 문화의 기초로 중요시된다. 르네상스는 이탈리아에서 발생한 것이다.

✠✠✠ 폼페이 도시

서기 79년 8월 번영하던 로마제국의 도시 폼페이는 베스비오 화산의 폭발로 도시 전체와 20,000여 명의 주민이 함께 화산재에 파묻히는 비극적인 운명을 맞이한 비운의 도시다.

화산은 26일간 폭발하여 폼페이를 완전히 화산재 속에 묻어버렸다. 폭발 이전에 몇 차례 경고를 했는데 폼페이 사람들은 그 경고를

믿지 않았고 한순간에 손써볼 겨를도 없이 폼페이 도시는 묻히고 사
람들은 고대 이집트에서 볼 수 있는 미라의 형상으로 만들어져 버렸
던 것이다.

　당시 폼페이는 로마제국의 어느 도시보다 아름다운 자연환경과
위락시설로 로마 귀족들 사이에서 인기가 높은 번화한 도시였다고
한다.

폐허가 된 오늘의 폼페이 도시 유적지

17세기 중반부터 시작된 조심스러운 발굴 작업은 아직까지 진행되고 있으며 지금까지 발굴된 유적과 유물들로 당시의 폼페이인들의 문화와 예술, 건축 수준을 짐작할 수 있다.

✠✠✠ 콜로세움 (Colosseum)

로마의 상징이며 거대한 원형경기장으로 당시 로마인들의 생활상을 엿볼 수 있는 대표적인 세계적 건축물이다. 콜로세움 주변에는 로마의 여러 기념물적인 유적들이 많아 관광객들의 물결이 끊이지 않는다.

이 콜로세움은 네로 황제의 궁전 뜰에 있었던 인공연못에 AD 72년 건설을 시작하여 80년에 완성된 대형 원형투기장 겸 극장이다. 생사를 겨루는 검투사와 굶은 사자와의 격투기 등이 여기에서 개최되었고 80개 정도가 되는 출구에 55,000명도 넘는 관객이 입장할 수 있는 경기장이다.

네로 통치시대를 영화로 한 '쿼바디스'에서는 기독교도의 박해 장으로 사용된 콜로세움 장면을 볼 수 있었다. 고대 유적지 중 가장 규모가 크며 최대 지름 188m, 최소 지름 156m, 둘레 527m, 높이 57m의 4층으로 된 타원형 건물이다.

콜로세움은 거대하다는 뜻으로 근처에 네로 황제의 상이 있어서 지어졌다는 전설이 있다.

콜로세움 경기장 (기원후 70~82년에 건립)

✠✠✠ 바티칸 시 (Vatican)

현재 세계에서 가장 작은 나라는 로마에 있는 바티칸시국으로 그 넓이는 약 0.4km²로 인구는 약 천 명 정도이다.

그렇게 좁은 지역에서 자급자족이 가능한 것은 가톨릭 국가인 이탈리아가 교황청의 권위를 인정하고 있기 때문에 바티칸시국의 주권이 인정을 받고 있기 때문이다.

로마 가톨릭 교회의 수장인 로마 교황은 예수의 첫 번째 제자인 베드로의 정통을 이어받은 후계자이며, 베드로는 예수가 세상을 뜬 후에 로마에 포교를 하여 로마교회를 설립했는데 그 당시에는 비합법적인 조직이었기 때문에 로마 제국으로부터 탄압을 받았다.

그러나 로마제국이 크리스트교를 국교로 삼은 후 로마교회의 수장인 베드로의 후계자는 황제의 보호 아래 모든 교회의 지배자가 되었다.

그 후 1929년, 라테라노 조약에 의해 교황청이 통치권, 주권, 중립권을 가지는 바티칸 시국이 승인되자 로마교황은 바티칸시국의 원수로 초국가적 입장에서 국제 문제나 도덕, 사상 문제의 지도를 담당하게 되었다. 바티칸은 로마 북서부의 위치한 세계에서 가장 작은 나라로 이탈리아 로마시내 티베레 강 서쪽에 자리 잡고 있다. 그 주변 및 로마에 있는 성당과 궁정을 포함한 13개 건물, 로마 동남쪽 120km 지점에 있는 카스텔 간돌포가 바티칸의 영토이다. 바티칸시는 세계에서 제일 적은 규모로 작지만 수십억 가톨릭 신자의 총 본산으로 재력과 권한이 막중하며, 매년 세계에서 몰려드는 관광객들로 넘친다.

✠✠✠ 바티칸 박물관

역대 교황이 거주한 바티칸 궁전을 18세기 후반부터 미술관으로 일반인에게 공개한 것이 오늘의 바티칸 박물관이다. 이곳은 라파엘로의 '아테네학당', 미켈란젤로의 '천지창조'와 '최후의 심판'이 있어 유명한 박물관이다.

시스티나 성당 천장의 '천지창조'

바티칸 박물관의 최고의 작품인 '천지창조'는 시스티나 성당의 건축가 브라만테가 성 베드로 성당을 건설하는 데 드는 비용을 충당하기 위해 조각가 미켈란젤로에게 맡겼다고 한다.

그림에 별로 경험이 없는 미켈란젤로는 그의 고향 후배 화가인 라파엘과의 묘한 경쟁심과 불타는 예술혼으로 기꺼이 수락한다. 그리고는 동굴에 들어가 무엇을 그릴 것인가를 고민하다가 잠이 들었다. 새벽에 멀리서 떠오르는 태양을 보며 잠에서 깬 그는 밝아오는 태양을 보며 '천지창조'를 그릴 것을 결심한다. 그리고 교황에게 달려가 자

미켈란젤로의 "천지
창조".
이 작품은 하나님이
인간을 창조하고 손
가락을 통해서 혼을
불어넣고 있다.
이 장면은 스티븐
스필버그의 영화
"ET"에 영향을 주었
다 한다.

신이 무엇을 그리든 그림이 완성될 때까지 시스틴 성당 안에 아무도 들어오지 못할 것을 약속받고 1508년 5월 10일 그는 계약을 체결하고 작업을 시작했다.

20m 천정 밑에 받침대를 세우고 직접 그렸다. 얼굴에 온갖 물감이 흘러내려 피부병이 생기고 몸과 목은 휘어지고 목은 뒤로 젖히고 작업을 해 고개가 굳는 고통스럽고 긴 작업이었다. 한쪽 눈은 이미 실명 상태였다.

작업을 시작한 지 만 4년 후인 1512년 11월, 교황의 미사 집전 후에 마침내 시스티나 성당 천장벽화가 일반인에게 공개되었다. 당시 그림을 본 사람들은 경탄과 찬탄으로 입을 다물지 못했다고 한다.

성경에 있는 창세기의 여러 장면들을 연출해 다양한 위치에서 본 것처럼 그려져 있는 천장화는 찬란한 색채로 이제까지 본 일이 없는 거대한 스케일로 가장 화려한 장식이었다.

그림의 주제는 세상을 창조하신 하나님이 이를 거역한 인간을 벌한다는 구약성서의 설화로 창조주와 교회에 대한 두려움과 경외의 감정을 불러일으킨다. 관람객이 들어서는 출입문 위에서부터 시작해 앞으로 나아가면서 천정 가운데까지 창세기의 아홉 설화가 드라마틱하게 그려져 있다.

미켈란젤로는 "아버님, 드디어 완성했습니다. 모든 사람들이 좋아합니다." 라는 간단한 편지를 한 장 부치고 고향으로 내려왔다고 한다.

시스티나 성당은 1471년 교황이었던 식스투스 4세가 자신의 치적을 기념하기 위하여 지은 곳으로 오늘날 추기경들이 여기 모여서 교황을 선출하는 곳으로 유명하다. 이 성당에서 위대한 천재 미켈란젤로의 '천지창조'와 '최후의 심판'을 만날 수 있다.

작품을 감상하고 최후의 심판을 등지고 시스틴 성당 마지막까지 걸어가 오른쪽으로 나오면 바로 성 베드로 성당이다.

❖❖❖ 베드로 대성당

전 세계에서 가장 크고 아름답다는 가톨릭의 중심지인 베드로 대성당은 세계 각지에서 순례자의 발길이 끊이지 않은 곳으로 이곳에 들어선 사람이면 누구나 그 규모와 화려함에 감탄을 자아낸다.

세계에서 최고 큰 성당으로 동시에 5만 명이 미사를 볼 수 있는 이 성당의 기원은 콘스탄티누스 시대로 거슬러 올라간다. 콘스탄티누스 당시는 황제 난립시대로 6명의 황제들이 있었다. 그중 콘스탄티누스와 막센티우스가 가장 강력했는데, 그들은 312년 10월 로마의 밀비오 다리에서 전투를 벌이게 된다.

이 전쟁에서 콘스탄티누스는 대천사 미카엘과 가브리엘의 도움으로 기적적인 승리를 얻게 된다. 그리고 그가 하나님께 약속했던 일, 즉 승리 후 그의 모친 헬레나 왕후와 그리스도 신자들이 갈망해 오던 베드로 대성당을 기원후 61년에 네로 황제에 의하여 십자가에 거꾸로 매달려 순교한 베드로의 무덤 위에 지었다.

　가로 150m, 세로 218m, 높이 50m의 성 베드로 성당은 라파엘로와 미켈란젤로가 참여하여 324년에 시작하여 349년에 완공되었다. 성베드로 성당은 하늘에서 내려다보면 십자가 모양을 하고 있으며 베드로 광장과 합해지면 열쇠 모양이 된다. 이는 예수님이 제1제자인 베드로에게 천국 열쇠를 준 것을 의미하는 것으로 열쇠 모양은 교황청의 상징이기도 하다.

베드로 대성당 전경

성 베드로 광장 기둥
베르니니의 작품인 144개의 기둥의 광장기둥 위에 3m 높이의 조각상들이 있는데,
역대 교황들과 순교한 성인들이 조각되어 있다.

베드로 성당 안에는 우리가 지금 사용하고 있는 태양력을 선포한
교황 그레고리 13세 기념탑, 흐루시초프와 케네디를 설득해 핵전쟁을
막은 요한 23세의 무덤, 베드로의 유골과 이전 교황인 요한 바오로 2
세의 무덤을 볼 수 있다고 한다.

16세기 이 성당의 증축 재정확보를 위한 면죄부 판매가 종교개혁의
한 원인이 되기도 했다.

✠✠✠ 미켈란젤로의 피에타 상

베드로 대성당 오른쪽으로 가 보면 미켈란젤로의 피에타 상이 보인다.

미켈란젤로는 어릴 때부터 조각의 기초를 배우면서 시체를 해부하며 풍부한 인체의 해부학적인 지식을 갖게 되어 후에 그의 생애의 최고의 대작 '천지창조'와 '최후의 심판'을 남길 수 있었으며 당대의 천재 조각가이자 화가였다. 그의 눈에는 원형 대리석만을 보아도 그 안에 사람이 살아서 숨을 쉬고 있는 듯 느껴진다고 한다. 그래서 아무 기초적인 작업 없이 그냥 조각해도 마치 살아 있는 사람이 걸어 나오듯 조각이 완성된다고 한다.

미켈란젤로의 명성은 그의 나이 24세 때 로마에서 제작한 '피에타' 조각상으로 유명해지기 시작했다. 피에타는 이탈리아 말로 '경건한 동정'이란 뜻이다.

'피에타 상'은 비너스같이 아름다운 마리아가 죽은 예수를 안고 경건한 동정심으로 예수를 바라보는 장면을 조각한 것으로 예술의 극치인 기교의 아름다움을 보여주는 작품이다. 그것은 성모와 예수가 하나의 몸인 것처럼 조화롭게 조각된 것을 보면 알 수 있다.

당대의 유명한 미술 평론가가 '피에타 상'을 감상하고 남긴 글이 있다.

"먼저 예수를 완전히 안기 위해 마리아의 무릎을 넓게 만들고 예수의 한쪽 다리는 마리아의 무릎과 거의 직각을 형성하고 있다. 또한 예수는 마치 누운 것처럼 엉덩이에서부터 부드러운 곡선을 이루며 갈비뼈 근처에서 윗몸이 마리아의 팔에 의해 약간 들려지고 머리는 죽은 시체처럼 늘어지게 조각했다. 그리스도의 왼팔은 몸과 평행하게 놓이고 마리아의 치마 주름 속에 오른팔의 손가락이 자연스럽게 늘어져 있다. 마르면서도 잘 조화된 예수의 몸은 주름 잡힌 마리아의 치마 속에서 더욱 부드러워 보인다.”

피에타 상. 미켈란젤로의 젊은 시절 작품으로
마리아가 죽은 예수를 동정어린 마음으로 바라보는 장면을 조각하였다.

미켈란젤로가 24세 때 조각한 이 조각상은 너무 어린 나이에 훌륭한 작품을 남긴 것을 사람들이 믿어주지 않아 미켈란젤로가 밤에 몰래 가서 마리아의 가슴 띠에 자신의 서명을 남겨 미켈란젤로의 작품 중에 유일하게 자필 서명이 있는 조각상이 되었다고 한다.

'피에타 상'은 어느 정신병 환자가 휘두른 망치에 손상을 입고 난 후 보수되어 지금은 유리 상자에 보호되어 있다.

❈❈❈ 이탈리아 피렌체 두우모와 미켈란젤로 광장

피렌체는 수 세기 동안 '이방인'의 작가 까뮈나 괴테 등 지식인들을 매료시켜 왔으며 지금도 피렌체를 방문하는 많은 사람들은 그 아름다움에 넋을 잃게 된다. 중앙역에서 15분 거리에 있는 두우모(대성당)가 있는 피렌체 중심 광장에 도착하면 먼저 눈에 띄는 거대하면서 부드러운 성당의 무게감에 놀라지 않을 수 없다.

'꽃의 성모'라는 뜻의 산타마리아 델 피오레 두우모는 바티칸의 성 베드로 성당의 베드로 좌상을 조각한 아르놀포 디 캄비오의 설계에 따라 1294년 짓기 시작하여 140년이 걸린, 1434년 브루넬리스키의 8각형의 거대한 돔을 끝으로 완공한 지금의 모습이라고 한다.

직경이 42m나 되고, 돔의 최대 높이는 107m에 달하며, 이 돔을 짓기 위하여 4백만 개의 벽돌이 소요됐다고 한다. 돔의 무게는 약 4천

미켈란젤로 광장의 피렌체 두우모 성당의 돔.

톤에 이른다고 추정하고 있다. 원형 돔인 쿠폴라를 당시 기술로 완성한다는 것은 불가능한 일이었다고 한다.

당시 당대 유명한 브루넬리스키의 독창적인 설계로 인해 전체적으로 균형과 조화를 이루면서 아름답고 거대한 돔이 만들어져 오늘날 영원한 피렌체의 상징물이 되었다. 두우모 맞은편에 위치한 산조반니 세례당에는 단테가 이곳에서 세례를 받은 것으로 유명하다. 이곳은 두우모 이전 피렌체 대성당으로 쓰인 곳으로 3개의 청동 문이 있다. 그중에서도 미켈란젤로가 '천국의 문'이라고 붙인 동쪽 문은 놀라운 감동과 숨은 뜻을 선사한다.

27년 기베르티가 공모에 당선되어 만든 이 문은 '아담과 하와의 창조', '노아의 방주 이야기', '모세가 십계명을 얻다' 등 구약성서의 10장면을 담고 있다. 해가 지기 전에 피렌체 시내가 한눈에 보이는 미켈란젤로 언덕에 올라서면 언덕 중앙에는 다비드 복제상이 서 있다.

여기서 내려다보이는 두우모 미술관 등의 빨간 지붕 건물로 이루어진 피렌체 특유의 아름다움을 한눈에 바라볼 수 있다

두우모 성당 건너편에 위치한
미켈란젤로 광장의 산조반니의 세례당.
이 곳에서 탄테가 세례 받은 것으로 유명하며,
3개의 청동문이 있고, 그 중에 미켈란젤로의
"천국의 문"은 놀라운 감동을 준다.

✠✠✠ 베니스 리알토 다리와 산마르코 광장

유럽에서 가장 매력적인 곳을 꼽으라면 많은 사람들이 베니스의 바다라고 대답할 것이다.

운하 곳곳에서 손님을 기다리는 날렵하게 생긴 곤돌라 배들이다. 하얀 티에 검은색 무늬의 조끼를 입은 뱃사공들의 멋진 포즈에 관광객들이 탄성을 지른다.

베니스 '폰테 디 리알토' 대리석 다리

베니스는 118개의 섬들이 400개의 다리로 이어진 물의 도시로, 자동차가 없으며 모든 교통수단은 배이며 관광객들은 수상버스인 바포레또를 이용한다. 신혼부부나 애인인 경우에는 곤돌라를 타고 이태리민요를 목청껏 불러주는 사공의 인도로 낭만을 즐긴다. 단체인 경우에는 수상 버스인 바포레또를 타고 강줄기를 타고 올라가다 보면 베니스에서 가장 아름다운 다리인 리알토 다리가 나온다. 이 리알토 다리가 유명하게 된 이유는 이 다리 일대가 셰익스피어의 희곡 '베니스의 상인'의 무대가 되었던 곳이기 때문이란다.

이 리알토 다리는 13세기에 목재 다리였던 것을 16세기 말에 대리석으로 건설하여 화려한 르네상스 시대의 건축과 설계양식의 대표적인 건축물이라고 한다.

산마르코 광장은 유명한 영화 '이탈리아 잡'의 주 배경이 되었던 곳이며 수많은 비둘기 떼와 관광객들로 가득 찬 곳이다. 나폴레옹은 "유럽에서 가장 우아한 응접실"이라고 감탄했다고 한다.

이 광장은 로마네스크 양식과 비잔틴 양식이 혼합된 산마르코 사원과 베네치아 고딕양식의 듀칼레 궁전 등 삼면이 화려한 건축양식으로 장식되었는데 나머지 한 면이 바다로 열려 있어 자연과 인공이 어울린 공간미를 자랑하는 곳이다.

한편 아름다운 광장 한편에 있는 카페는 세계사의 고비마다 많은 사상가, 정치인, 시인들이 새 시대를 예견하고 노래한 곳으로 유명하다.

그러나 이 역사물은 들끓는 동물(쥐)들과 비둘기들의 날카로운 발톱과 분비물로 인해 산마르코 광장의 교회와 조각물들이 파괴되고 침식되어 보수, 수리에 시재정이 감당할 수 없을 정도로 막대하여 골머리를 썩는다고 한다.

또한 지구 온난화로 인해 늪 위에 지어진 베니스 시가가 점차 가라앉고 있기 때문에 세계에서 가장 위험한 도시로 손꼽히고 있다.

산마르코 광장의 전경

4. 오스트리아 (잘츠부르크, 비엔나)

✠✠✠ 오스트리아에 입국하면서

정식 국명은 오스트리아 공화국으로 북쪽은 체코, 동쪽은 헝가리, 슬로바키아, 남쪽은 이탈리아, 서쪽은 스위스와 독일에 접하여 있는 국토의 3분의 2가 알프스 산지로 둘러싸인 산악도시이다.

수도는 빈이며, 이 민족을 가장 강하게 지배하고 있는 것은 가톨릭이고 풍속, 습관이나 민속행사 등 가톨릭적인 행사가 주종을 이른다.

오스트리아 문화 중 음악은 독일 음악을 바탕으로 알프스를 비롯한 다양한 리듬이나 밝은 선율을 가진 민속음악이 주종을 이루고 있다. 빈 필하모니 관현악단, 빈 소녀합창단이 유명하며, 잘츠부르크 음악제는 세계적으로 널리 알려져 있다.

음악의 도시라고 부르는 빈을 중심으로 활약한 음악가로는 요세프 하이든, 볼프강 아마데우스 모차르트, 베토벤, 슈베르트, 브람스 등이 있으며 '빈 왈츠'를 완성한 요한 슈트라스도 특기할 만한 작곡가이다.

역사적으로 특기할 만한 사건은 1914년 6월 28일 황태자 부부가 보스니아의 수도 사라예보에서 비밀조직에 속하는 세르비아 괴청년에게 암살당하는 사건으로 오스트리아는 강경한 최후통첩과 함께 선전포고하여 제1차 세계대전이 시작되었다. 이로 인하여 전쟁과 혁명이 일어나고 합스부르크가는 쓰러지고 공화제가 성립되었다.

우리가 방문한 곳

❋❋❋ 잘츠부르크

합스부르크의 옛것과 새것이 조화로운 화합의 도시로, 모차르트의 탄생의 도시이며, 영화 '사운드 오브 뮤직'의 무대로 알려진 관광지로 오스트리아 수도 빈에서 서쪽으로 300km 거리에 있다.

잘츠부르크 인근의 할슈타트 야외 식당에서

오스트리아의 로마로 알려진 건축물들로 가득 차 있어 많은 관광객들은 이곳을 세계에서 가장 아름다운 도시라고 입을 모은다.

'소금의 성'이라는 뜻을 가진 잘츠부르크는 696년 루퍼트 대주교가 황량한 로마 땅에 잘츠부르크라는 도시를 세웠고 소금광산의 소유권을 이양 받아 관리함으로 이 도시를 오늘의 세계적인 관광도시로 만들었다.

이곳은 아름다운 풍경으로 1997년 유네스코에 의하여 세계문화유산으로 지정되면서 유럽에서 손꼽히는 관광지로 주목을 받게 되고 현재 많은 관광객들이 찾고 있다.

잘츠부르크의 아름다운 마을과 미라벨 정원에서 올려다 보이는 호헨 잘츠부르크성의 멋진 경관과, 세계에서 가장 아름다운 게트라이드 거리 등 세계 그 어떤 도시도 잘츠부르크만큼 가슴을 설레게 하는 곳은 없다.

✖✖✖ 미라벨 정원과 궁정

찰스부르크 신시가의 바로크 양식의 미라벨 정원은 아름다운 분수와 연못, 대리석 조각물, 꽃 등으로 장식되었고 세계에서 버금가는 꽃들의 지상천국으로 영화 '사운드 오브 뮤직'으로 유명해진 궁정과 정원으로서 유명하다.

우리가 머물고 있는 이 미라벨 정원이 '사운드 오브 뮤직'에 나오는 마리아 수녀의 아이들이 도레미 송을 불렀던 무대이다.

그리고 바로 이 저택이 영화 속 트랩 대령의 집으로 마리아와 트랩 대령이 처음 만나는 곳이다. 많은 여행자들이 그 아름다움과 맑음에 감탄할 뿐이다.

당시 볼흐 디트리히 주교는 종교적인 사랑과 세속적인 사랑을 동시에 중요시한 주교로서 당시 주위의 많은 비난을 받으면서 평민의 딸 살로메를 너무나 사랑하여 10명 이상의 자식을 낳았으며, 신부들의 결혼 금지에도 불구하고 1606년 살로메와 자식들을 위하여 궁전과 정원을 호사스럽게 지어주었으나 당시 가톨릭 종교단체와 주교들과 영주들의 대립으로 결국 1611년 도피하나 끝내 체포되어 요새에 감금 당하고 1676년 외롭게 사망한다.

후세 사람들은 그런 행실을 불미로 여기고 되도록 빨리 그의 행적을 지우기 위하여 부인 살로메를 추방하고 궁전 이름도 미라벨(아름다운 전경)로 바꾼다.

1997년 잘츠부르크의 구시가와 미라벨 궁전과 정원 등이 유네스코에 세계문화유산으로 지정되었다.

미라벨 정원 영화 '사운드 오브 뮤직'에서 수녀 마리아와 아이들이 도레미 송을 부르면서 놀던 무대에서

오스트리아의 명동이라는 게트라이드 거리 풍경

✛✛✛ 게트라이드 거리

오스트리아의 명동이라고 한다. 쇼핑으로 유명한 잘츠부르크의 게트라이드 가쎄 거리는 모차르트의 생가 근교에 위치한 쇼핑 골목으로, 옛날부터 대대로 내려오는 상업과 교통의 중심지로 수백 년을 내려오는 주민들의 삶과 투쟁의 흔적을 곳곳에서 찾아볼 수 있다.

이 거리의 장식품으로 유명한 금속 공예, 간판들은 중세시대 글을 깨우치지 못한 문맹인을 위하여 마치 상형문자처럼 각 상점서 자신들의 특징을 그림과 조각으로 표현한 것으로부터 유래되고 있다. 많은 관광객이 넘치는 관광코스이기도 하다.

✠✠✠ 모차르트의 광장과 생가

세계적으로 유명한 잘츠부르크의 아들 '음악의 신동' 볼프강 아마데우스 모차르트의 생가는 잘츠부르크에서 가장 번화한 게트라이드 거리 9번지에 위치해 있으며, 모차르트는 1756년 1월 27일, 모차르트가 12세기부터 지어진 이 건물 3층에서 태어나 17세까지 살았다.

잘츠부르크의 자랑인 신동 모차르트의 동상이 서 있는 광장

마카르트 광장 : 재복구된 모차르트의 집

　현재는 모차르트 기념관으로 사용 중이며 잘츠부르크에서 가장 유명한 명소로, 1층에는 모차르트가 사용했던 침대, 피아노, 바이올린, 악보 등이 있고, 2층에는 유명한 오페라에 사용했던 소품들이 전시되어 있다. 3층, 4층은 가족들이 살았던 당시의 모습을 각각 소개하고 있다.

　모차르트 가족이 이곳을 떠나 이사하여 살았던 노란 집이 미라벨 정원 근처에 있으며 모차르트 기념관으로 사용되고 있다.

❖❖❖ 요새 호헨 잘츠부르크

헬펜쉬타인 가문의 게하르트 대주교는 교황과 황제의 냉전 시기인 1077년부터 요새를 짓기 시작했다. 교황의 편에 선 잘츠부르크 대주교들은 황제의 임명권을 취득하기 위하여 전쟁을 일으키던 독일 영주

호헨 잘츠부르크 전경

들에겐 눈엣가시였으며 전쟁을 자주 겪어온 주민들과 대주교가 이런 비상사태에 대피 장소로 짓기 시작한 것이 지금의 호헨 잘츠부르크 요새이다.

세계 관광객들로 가득 찬 구시가의 호헨 잘츠부르크 주위의 관광지는 발 들여 놓을 틈이 없을 정도로 붐비고, 관광객들에게 황홀감과 평화로움을 맛보게 한다.

주위의 종탑, 옛날 지붕들, 요새의 돌 벽돌, 그리고 요새 너머로 보이는 알프스 산의 푸른 초원의 경치는 잘츠부르크의 무릉도원이며, 그 모습에 도취되어 시간의 흐름도 잊게 된다.

✖✖✖ 베르히테스가덴

 베르히테스가덴은 아돌프 히틀러가 전원적인 쾨니히스제 (Koenigssee) 호수 뒤 켈슈타인 산 위에 켈슈타인하우스(히틀러 여름 별장, 1935~1939년)를 지었고 지금도 많은 관광객들의 발길이 이어진다.

베르히테스가

독일 히틀러의 여름 별장인 켈슈타인 하우스로서
많은 관광객들의 발길이 이어진다.

✠✠✠ 대성당 성 페터 교구청

　구시가지 중앙에 자리 잡고 있는 대성당인 성 페터 교구청은 알프스 북쪽 지방에서 가장 오래된 이태리의 바로크 양식의 성당이다.

　서기 700년경 보름스 출신의 루페르트 주교가 로마제국의 멸망과 함께 폐허로 내려오던 도시 쥬바붐으로 부임하여 침체된 서민들의 생활에 활기를 찾아주기 위하여 백금으로 불리던 소금광산을 개발해서 대량 수출을 함으로써 도시가 번성하게 된다. 도시는 소금 성으로 표현되며 이는 당시 부와 명성의 상징으로 불리었다.

　원시 종교를 추종하던 시민들에게 가톨릭 종교를 전파하기 위하여 페터 성당과 독일어권에서 가장 오래된 베네딕티나 수도회를 설립하였으며 교구청과 더불어 지금도 이 구역은 잘츠부르크 종교와 상업의 원천지로 내려오고 있다.

　1130년부터 1143년 사이에 로마 양식으로 세워진 성당은 18세기에 바로크 형으로 탈바꿈하게 된다.

　로코코 무늬의 실내장식, 천장화, 요한 마르틴의 제단화 등이 이 성당의 특징이며 특히 신동 모차르트가 처음으로 미사곡을 연주한 것으로 유명하며 그의 사망 전날 그의 최후 작품인 레퀴엠으로 기념미사를 진행한 것으로도 유명하다.

대 성당(성 페터 성당)과 성모상

지금도 대성당 안에서 유명한 모차르트의 발자취로 그가 연주하던 피아노 파이프 오르간을 볼 수 있으며, 유아 영세를 받았던 700년 된 성수함을 볼 수 있다.

대 성당 앞의 성모상과 지붕 위에 십자가를 들고 계시는 예수님의 상을 볼 수 있다.

Swiss

5. 스위스 (제네바, 취리히)

ULRICH
ZWINGLI

✠✠✠ 평화의 나라 스위스

산과 호수의 나라로 잘 알려진 스위스는 영세 중립국을 선언한 세계에서 가장 평화롭고 안정된 나라이다.

역사적으로 보면 스위스는 독일이 되어야 하지만 현재의 스위스는 독일어를 사용하는 지역, 프랑스어를 사용하는 지역, 이탈리아어를 사용하는 지역으로 나뉜다. 이런 점에서 볼 때 독일인, 프랑스인, 이탈리아인으로 구성되는 다민족 국가라고 할 수 있다.

스위스는 알프스 산중의 나라이면서 세계에서 가장 부유한 나라로 손꼽히고 있는 이 나라는 국토의 70% 이상이 험악한 산악지대로, 남쪽 절반 이상은 알프스, 북서부는 쥐라 산맥이 차지하고, 두 산맥 사이에 중앙 저지가 있다. 면적은 41,000km², 인구는 약 710만 명으로 26개 칸톤(州)으로 구성되어 있는 유일한 군사 중립국이기도 하다.

종교 분쟁에서 무장 중립의 선언으로

그 당시 유럽의 종교개혁으로 구교인 가톨릭과 신교인 프로테스탄트의 대립으로 특히 독일의 신, 구 귀족들의 항쟁이 격렬했다.

16세기 초 스위스의 취리히, 베른, 바젤 등의 영주들이 신교를 받아들였지만 우리, 슈비츠, 운터발덴 등 세 지역은 구교에 섰다.

현재 주민의 50%는 기독교, 45%가 가톨릭을 믿으며 풍요로운 자연과 친절한 국민성은 세계의 많은 관광객을 유치하고 있으며, 세밀 공업 등 풍족한 복지국가로 유일하게 유럽연합에 가입하지 않는 국가이기도 하다.

16세기 종교개혁 당시에는 취리히와 제네바에서 츠빙글리와 칼빈이 각각 중심이 되어 개신교 역사에 중요한 역할을 감당한 지역이기도 하다.

✠✠✠ 제네바

세계의 평화를 상징하는 도시로 국제적십자 본부와 국제연합 유럽본부 등 주요 국제기관이 위치하고 있다. 따라서 세계 평화 유지를 위한 각종 국제회의가 자주 개최되며, 프랑스에 인접해 있는 인구 16만의 국제도시로 고도 375m에 위치해 있다.

프랑스어권의 대도시이며 문화적 도시로 경관이 수려한 서유럽의 최대 호수임을 자랑하는 레만 호수는 알프스 몽블랑의 만년설이 녹아내린 물을 받아 제네바의 맑은 물의 젖줄이 되며, 주위 명소와 사적들로 이루어진 세계적인 관광지이다.

주요산업은 시계, 제조업, 보석세공, 정밀 기계, 의료기 공업 등이다.

루체론의 카펠교에서 올려다 본 알프스 산맥의 전경

✖✖✖ 제네바의 종교개혁자 칼빈

종교 개혁자 죤 칼빈의 종교개혁은 제네바를 떠나서 생각할 수 없다. 칼빈은 1509년 법률가인 아버지의 둘째아들로 프랑스에서 태어났다.

그는 1521년, 12세 때 대성당에서 성직록을 받고 14세부터는 파리 대학 소속의 마르쉬 문과대학에서 공부하였다. 그는 이곳에서 르네상스 인문주의와 중세 스콜라주의 전통의 신학을 겸하게 되었고 30세가 되기 전까지 로마가톨릭의 전통과 신학 안에 있었다.

1528년에 학위를 받은 후 법률가로서의 꿈을 키우며 1532년에는 석사, 1533년에는 박사학위를 받았다.

칼빈의 회심에 대하여서는 정확한 기록은 없으나 대략 1529년과 1532년 사이라고 추정한다.

어느 날 칼빈은 스트리스 버그로 가기 위해 제네바를 경유하게 되었는데, 이곳에서 제네바의 종교개혁을 이끌면서 많은 어려움을 겪고 있던 종교 지도자 파렐을 만나, 그와 함께 제네바에서 종교개혁을 위해 일생을 바칠 것을 약속했다.

칼빈에게 있어서 교회의 개혁은 곧 제네바 시의 개혁이었다. 칼빈은 제네바의 성경해석자로 일하다가 설교자로 임명되어 개혁사상에 바탕을 둔 설교를 했으며, '기독교 강요' 라는 위대한 저서를 남겼다.

칼빈의 사상은 제네바 아카데미에 유학했던 학생들에 의해 전 유럽으로 확산되었고 특히 네덜란드와 영국 스코틀랜드에서는 칼빈파의 장로교회가 공고히 성립되었다.

말년에 제네바의 시민권을 획득했던 칼빈의 노력으로 제네바는 모범적인 종교개혁의 도시로 변모하였고, 결국 제네바에서 일생을 마쳐 영원한 제네바 시민으로 남게 되었다.

칼빈이 죽을 때 남겼던 유언은 지금도 유명한 일화로 전해지고 있다.

"내 무덤에 묘비를 세우지 말고 내 무덤의 흔적이 없도록 해 달라."는 것이었다. 유지를 따라 지금도 제네바에 있는 무덤에서는 그의 이름을 찾을 수 없다.

칼빈의 자화상

칼빈이 목회했던 성 피에로 대성당

✖✖✖ 제네바 종교개혁 기념비

부패한 로마가톨릭에 항의하여 자신들의 믿음을 쟁취한 프로테스탄트를 기념하기 위해 세워진 길이 100m, 높이10m의 돌로 된 성벽에 조각된 기념비로, 칼빈 탄생 400주년을 기념하기 위하여, 1909년부터 1917년까지 만들어져 제네바 대학 내의 바스티옹 공원에 설치되어 있다.

수개 국어로 종교적인 문구가 새겨져 있고, 중앙의 왼쪽에서부터 종교개혁의 수장인 칼빈, 제네바에서 종교개혁을 처음 부르짖은 파

바스티움 공원의 종교개혁자 기념상
제네바 대학의 바스티움 공원 안에 있
는 종교개혁자 칼빈, 제네바에서 종교
개혁을 부르짖은 파렐, 스코틀랜드에
장로교를 뿌리내린 녹스, 제네바 대학
을 설립한 베즈 등의 동상.
종교 개혁자 동상 앞에서

렐, 칼빈의 후계자이자 제네바대학을 설립한 베제, 스코틀랜드에 장
로교를 뿌리내린 녹스 순으로 4명의 종교 개혁자의 상이 서 있다. 그
옆에도 영국의 크롬웰 등의 운동가들의 석상이 새겨져 있는데, 벽의
상부에 '어둠 속에 빛이 있다' 는 제네바 종교개혁 운동의 표어가 새
겨져 있다.

  장로교의 창시자인 죤 칼빈은 제네바에서 종교개혁을 일으키고 장
로교회를 창립하자 그의 영향을 받아 죤 녹스는 스코틀랜드로 건너가
서 장로교회를 세우고 다른 많은 지도자들도 유럽 각지로 흩어져 개
혁교회를 세웠다.

✠✠✠ 빈사의 사자상

거대한 석벽에 조각된 저 슬픈 표정의 사자상은 어떤 의미를 품고 있을까?

사자상을 자세히 살펴보면 등에는 부러진 창이 꽂혀 있고, 머리맡에는 방패와 창이 놓여 있다. 깊은 상처를 입고 이제는 편히 잠든 루체론의 이 빈사의 사자상은 그 많은 역사의 사실 중에도 루이 16세를 위해 죽어간 스위스 용병의 용맹성과 충성심을 기리기 위해 세운 것이라 한다.

루이 16세는 자신을 지키는 근위병으로 스위스인을 고용했고, 786

빈사의 사자상 앞에서

명의 스위스 용병은 1792년 프랑스 혁명 당시 시민군에 맞서 국왕을 지키다 숨졌다.

이곳의 사자는 스위스 용병들을 상징하며 고통스럽게 최후를 맞이하는 모습을 실감나게 묘사해 놓고 있다. 이 조각은 1821년에 완공됐는데 당대에 가장 유명했던 덴마크의 토르발센이 조각을 시작했고, 독일 출신인 카스아호른에 의해 완성되었다.

✠✠✠ 종교개혁자 츠빙글리

스위스 취리히의 종교개혁자 츠빙글리(1448-1531)는 성서의 신앙에 대한 개념이나 새로운 교회상의 정립, 정통교회에 대한 투쟁 등에 있어서 루터나 칼빈의 공통된 기본적인 원칙들을 가지고 있다.

츠빙글리가 취리히에서 행한 종교개혁은 1528년에 베론에서 수용하자 급속히 스위스 전역으로 전파되어 구교를 고수하는 자들에게 위협을 주었다. 이에 반대한 가톨릭교회 측에서 2차례에 걸쳐 취리히주의 카펠을 침입하여 전쟁이 일어나서 가톨릭이 승리하였고, 이 전쟁에서 1531년 츠빙글리가 전사하고 2차 카펠 평화조약이 체결된다.

조약 내용은 프로테스탄트들은 더 이상 영토 확장을 하지 않고, 신교 안에 있는 소수의 가톨릭 파들에 대해 신앙의 자유를 인정하여야만 한다는 내용이다.

종교개혁의 상징인 츠빙글리가 1519년 숨을 거둘 때까지 설교를 했던 그로윈스터 교회 앞에 세워진 츠빙글리의 동상 앞에서

✠✠✠ 루체른의 카펠교

스위스 루체른은 알프스와 호수를 배경으로 조화를 이루어 중세와 자연이 조화를 이른 천의 얼굴을 가진 매혹적인 도시로 많은 관광객들로 성시를 이룬다.

도시는 16세기에 번성했던 예술기법으로 채색된 벽화들이 좁은 골목들을 화려하게 장식하고 있으며, 상점과 부티크로 가득 차 있고 호수에는 보드 행렬이 이어지고 백조와 물오리들이 평화롭게 헤엄치는

루체른의 카펠교에서

풍경은 평화의 나라임을 실감케 한다.

　루체른의 명물인 카펠교는 유럽에서 가장 오래된 목조 다리로서 기와를 올린 지붕을 가진 다리로 되어 있다. 지붕 안쪽에는 유명한 하인리히 베그만의 그림들로 장식되어 있으며 다리 외관은 다양한 꽃들로 장식되어 있다. 세계 각국의 많은 관광객들로부터 찬사를 받는 이곳의 아름다운 풍경은 잊을 길이 없다.

✱✱✱ 빙하가 조각한 알프스산 등정

알프스 산맥의 최고봉 몽블랑

1991년 유럽 순방 중에 등정한 알프스의 몽블랑 등반의 기억을 잊을 수가 없다.

유럽 대륙 한가운데 있는 알프스 산맥, 약 1300km 길이의 이 산맥은 오스트리아 빈에서 프랑스의 니스까지 총 8개국에 걸쳐 뻗어 있는 유럽의 자존심이자 지붕이다.

프랑스와 이탈리아 국경을 따라 뻗어 있는 알프스 산맥 중 최고봉인 높이 4,810m인 몽블랑을, 한눈에 보는 지구에서 가장 높은 곳에 매달린 에귀뒤미디(전망대 높이 3,842m) 전망대에 오르기 위해, 프랑스의 초고속 열차 TGV를 타고 스위스의 제네바로 이송하여 샤모니 마을에서 케이블카를 타고 만년설이 뒤덮인 몽블랑과 아름다운 알프스를 한눈에 바라볼 수 있는 가장 멋진 장소인 전망대에 오르는 것이다.

전망대까지는 케이블카를 이용하여 올라가는데 프랑스의 샤모니에서 출발한다. 케이블카는 중간에 지지대도 없이 긴 로프만 가지고 한번에 1,000m에서 3,800m까지 오르는데 약 40분 정도 걸린다. 50년 전에 만들어진 케이블카는 강철 와이어를 사람들이 끌고 올라가면서 만들었다고 하니 참으로 대단한 역사인 것이다.

알프스의 신비는 빙하의 영향을 많이 받았다고 한다. 아프리카 대륙판이 유럽과 충돌하면서 만들어진 알프스 산맥은 빙기와 간빙기를 교대로

알프스 산맥 최고봉 몽블랑(4,810m)을 한눈에 보는 전망대(3,842m) 에귀뒤미디 전경(1991년 답사)

거치면서 엄청난 변화를 겪는 과정에서 지금의 아름다운 풍경을 만든 것이다.

알프스의 최고봉 몽블랑은 히말라야 산맥이나 안데스 산맥에 비하면 고도가 떨어지지만 정상에 빙하가 발달해 아름다운 고산 풍경을 볼 수 있다. 몽블랑의 뜻은 불어로 '흰 산' 이라는 뜻이다.

고급 만년필 몽블랑의 숫자 4810은 알프스 산 높이를 나타내는 숫자이다. 전 세계에서 가장 비싼 만년필로(국내에서 30만 원~백만 원) 또한 세계 최고의 명품으로 기네스북에 기록되어 있다고 한다.

루체른 호수와 필라투스(PILATUS BAHN) 등정

2010년 동유럽 순방 중 등정한 곳은 알프스의 필라투스 등반이다. 필라투스는 '악마의 산' 이라 불린다. 유명한 루체른 호수에서 유람선을 타고 알프나하슈타트로 이동해서 톱니바퀴 열차를 타고 정상에 오른 뒤 케이블카와 곤돌라를 타고 내려오는 코스이다.

해발 고도 2,132m로서, 몽블랑 고도의 반밖에 안 되지만, 막상 등산 궤도 철도를 타고 절벽을 오를 때 창밖에 보이는 낭떠러지는 섬뜩함을 보이며 이름 없는 고산의 풀과 야생화는 향수를 자아낸다.

40도 경사를 자랑하면서 오르내리며 궤도 열차 건너편으로 보이는 루체른의 아름다운 호수와 알프스의 절경을 조망할 수 있다.

176

궤도 열차 내에서

필라투스 궤도 열차 종착지에서

6. 체코 (프라하)

북서쪽과 서쪽은 독일, 남쪽은 오스트리아, 북동쪽은 폴란드와 닿아 있는 동유럽에 속해있는 인구 1,000만 명 정도의 음악, 영화, 문학뿐만 아니라 최근에 관광 인프라가 잘 갖추어져 있어 꼭 가보기를 원하였던 나라이다.

최근에 유네스코로부터 12개의 세계문화유산을 지정받은 체코는 제2차 대전 이후 나치의 지배하에 있다가 소련에 의해 사회주의 국가로 해방되었으며, 그 후 1968년 프라하의 봄과, 1989년 벨벳 혁명 등 민주자유화 혁명을 거쳐 1993년 체코와 슬로바키아로 분리 독립된 신생 민주자유국가로 오늘에 이른다.

체코 공화국의 수도 프라하는 유럽의 심장, 백 개의 탑의 황금도시, 하얀 탑의 도시, 유럽의 음악 학교 등으로 불리고 있으며, 유명한 조각가 로댕은 이 도시를 '북쪽의 로마' 라고 칭찬했다고 한다.

체코 대통령의 집무실 정문 앞에서

천 년의 역사를 가진 도시로 과거 비엔나, 부다페스트와 함께 3대 도시 중 하나이다. 중세의 모습을 가장 잘 간직한 도시로서 도시 전체가 야의 박물관이라고 불러도 손색이 없을 정도로 다양한 중세 이후의 건축 양식을 감상할 수 있다.

　특히 프라하 도시의 건축물은 웅장하면서도 예술적인 요소를 포함하고 있는데 로마네스크 양식, 고딕양식, 바로크 양식, 등 각각 독특한 아름다움을 뿜어내고 있는 도시 전체가 거대한 박물관처럼 느껴진다. 그리고 동유럽의 다른 도시들과 다르게 제2차 세계대전의 피해를 입지 않은 곳이다.

　특별히 프라하의 도시 중심을 흐르는 블타바 강으로 둘러싸인 프라하의 야경의 모습은 많은 여행자들의 넋을 놓게 할 정도로 아름답다.

　매일 전 세계에서 수많은 여행자들이 천년의 도시 프라하에 취하여 오늘도 발길이 끊이지 않고 흐른다.

　프라하에서는 매년 봄 '프라하의 봄'이라는 대대적인 음악축제가 열린다. 과거의 아픈 역사를 이제는 평온한 문화로 승화시켜가는 여유로움이 돋보이며, 세계적인 문호와 민족주의 음악가를 배출한 문화국가이기도 하다.

프라하 도시의 화려한 건축물

✠✠✠ 성 비트 성당

프라하 성의 언덕에 우뚝 솟아 있는 프라하 최대의 고딕양식 건물인 성 비트 성당이다.

10세기부터 차츰차츰 건축이 계속되어 1929년에 간신히 완성되었으며 프라하의 역사 그 자체가 새겨진 건축물이라고 할 수 있다. 특히 이 건물의 첨탑이 124m나 되어 외모가 장관이다.

대표적인 고딕양식의 성 비트 성당

✠✠✠ 구 시청사 천문시계

프라하의 구시가 광장에 나오면 1270년경에 건축된 유럽 최고 유대교 회당과 유대인 시청사가 보인다. 이곳을 빠져나와 구시가 광장 쪽으로 나오면 한 건축물 앞에서 사람들이 많이 모여 한곳을 올려다 보고 있는 모습을 볼 수 있다. 바로 구시청사의 천문시계가 있는 곳이다. 유럽의 전형적인 고딕양식으로 지어진 구시청사의 건물 벽에

구시청사 벽에 있는 거대한 천문 시계

붙어있는 거대한 천문시계는 수많은 사람을 끌어들이는 마력을 지니고 있다.

구시청사의 천문시계의 역사는 1400여 년경이라 한다. 전설에 따르면 다시는 똑같은 시계를 만들지 못하도록 시계를 만든 사람의 눈을 멀게 했는데 눈먼 시계공이 시계에 손을 대자 시계가 400여 년 동안 멈추었다고 한다. 이 천문시계의 백미는 정시가 되면 시계 탑 앞에 모여 있는 수많은 관광객의 머리가 일제히 위로 향한다. 먼저 시계 오른쪽에 설치된 해골 인형이 오른손에 감긴 줄을 잡아당긴 다음 왼손으로 모래시계를 들어 올려 감는다.

그러면 두 개의 창문이 열리고 시계태엽에 해당하는 예수의 12사도를 형상화한 인형들이 성 베드로를 따라 천천히 움직이고 이 행렬이 끝날 무렵 수탉이 홰를 치고 시계는 종을 올려 시간을 알린다. 설명이 복잡하지만 현재의 시간은 황금의 손이 가리키는 로마 알파벳을 보면 되고, 로마 알파벳의 바깥에 있는 숫자들은 옛 체코 시간을 나타낸다.

✠✠✠ 프라하의 봄의 현장, 바츨라프 광장

이곳 바츨라프 광장은 체코 역사의 전환기마다 등장하는 장소로, 체코 독립 역사의 상징적인 곳이며, 체코 민주화의 중심장소이다. 1918년 오스트리아, 헝가리 제국의 몰락으로 체코슬로바키아 공화국이 이곳에서 선포되었고, 1968년에는 두브체크가 이끈 민주화 운동 당시 수많은 젊은이들이 '프라하의 봄'을 짓밟은 소련군 탱크에 저항하여 반대 집회가 일어났을 때 당시 카를대학교 철학과 학생이었던 21세의 얀 팔라흐가 조국의 독립과 자유를 위해 분신하고 희생된 곳이 바로 국립박물관의 계단이었다.

그 후 그가 죽은 뒤 20주년 되던 1989년 커다란 시위가 프라하를 휩쓸었다.

바츨라프 광장(영웅 광장) 한가운데서

체코의 공산주의 정부가 무너지고 시민들이 자유를 찾은 것이다. 무혈 혁명인 '벨벳혁명'이 이루어진 곳이다. 바츨라프 광장을 거닐다 보면 다양한 건축 양식이 혼합된 건물들을 볼 수 있다. 프라하는 관광객을 위한 인형, 도자기, 크리스털 공예로도 유명하다.

✠✠✠ 세계에서 가장 아름다운 다리, 카를교

프라하에 도착하자 먼저 보고 싶었던 것은 블타바 강과 카를교 다리이다.

'프라하 여행의 꽃'이라고 불리는 카를교는 그 유명한 블타바 강 위로 펼쳐져 있는 고딕양식의 다리로 세계에서 가장 아름다운 다리라고 해도 과언이 아닌 매력이란다.

블타바 강 서쪽의 프라하 성과 동쪽의 상인 거주지를 잇는 최초의 다리로 14세기 보헤미아의 왕 카를 4세 때에 만들었기 때문에 카를교라고 부른다.

카를교의 진가는 무엇보다 야경이다. 언덕 위에 웅장하게 자리 잡은 프라하 성이 환하게 불을 밝히면 동화에서 바라보는 아름다운 분위기인 것이다. 강가의 전경, 강 위를 오고가는 배, 그리고 프라하 성을 바라보면 왜 여행객들이 프라하를 야경이 아름다운 도시라고 찬사를 아끼지 않는지를 알 수 있다.

이 카를교는 12세기경에 목재교였으나 강이 범람하여 붕괴되어 석재로 대체되었다가 역시 범람하여 붕괴되어 카를 4세 때 1357년 교회 건축가인 피터 필레지가 다시 건축하여 1402년에 완공하여 오늘에 이르고 있다.

516m의 길이에 폭 10m의 보행자 전용 다리로 16개의 기둥과 3개의 브리지 타워가 있으며 많은 석조물로 이룬 조각상으로 인해 유럽에서 가장 아름다운 브리지 타워로 꼽히고 있다. 바로크 시대에 만들어진 30개의 조각상이 다리를 장식하고 있는데 이 조각상은 17세기 후반에서 20세기 중반까지 약 250년에 걸쳐 체코의 최고 조각가들에 의해 만들어진 작품으로 일명 '야외 바로크 박물관' 이라고 불리기도 한다.

현재 다리에 있는 조각들은 모두 모조품이고 원작품은 국립박물관에 보관되어 있다.

세계에서 가장 아름다운 프라하의 카를교

✖✖✖ 틴 교회

　프라하 구시가지 광장에 높이 80m인 2개의 첨탑을 지닌 구시가의 상징적인 고딕양식 건축물로서, 14-16세기에 건축되었으며 내부의 바로크 양식의 제단 등이 유명하다.

　건축초기에는 얀 후스가 이끌던 가톨릭교회의 개혁운동인 후스파의 거점 교회였으나, 얀 후스가 화형당한 후 1621년 바로크양식의 화려한 가톨릭 성당으로 개조되었다.

　첨탑 사이에 있던 후스파의 상징인 황금성배는 녹여져 마리아 상으로 만들어 부착되어졌고 교회 안에는 예수님 십자가 상, 백랍 세례반, 15세기 고딕식 설교단이 볼만하다.

✠✠✠ 얀 후스 기념비

마르틴 루터가 비텐베르크 교회 문에 면죄부 판매를 비난하는 95개조를 내붙이고 공개토론을 주장한 것이 1517년인데 얀 후스는 교황의 부패를 비난하다가 1411년 교황 요한 23세로부터 파문을 당하고 콘스탄츠 공의회에 의해 1415년 화형당했으니 루터보다 100년 전의 종교개혁가이다. 얀 후스는 15세기 종교개혁의 선구자로 까렐 대학의 초대 총장이기도 했으며 그는 현재까지 체코 전 민족의 순교자로 존경받고 있다. 이 동상은 후스의 처형 500주년이 되는 해 1915년에 세워졌으며 조각가 라드슬라브 샬룬이 세운 동상이다.

동상에는 '진실을 사랑하고, 진실을 말하고, 진실을 행하라.' 는 얀 후스의 말이 새겨져 있다.

체코의 종교개혁자 얀 후스의 동상

7. 헝가리 (부다페스트)

Hungary

✠✠✠ 헝가리에 입국하면서

개혁의 물결이 요동치고 있는 나라 헝가리는 공산 이데올로기가 무너지고 있는 동구권 공산 국가 중에서 가장 빠르게 변화하고 있는 국가이다.

집시의 음악과 낭만적인 도나우 강, 그리고 여행객들의 마음을 유혹하는 '훈족의 나라' 라는 뜻을 가진 헝가리는 중앙 아시아적인 문화와, 합스부르크 왕조로 대표되는 유럽 문화가 긴 역사 속에서 융합된 나라에서 그런지 다른 유럽 나라들과 분위기가 다르다.

헝가리는 1989년 이전까지는 친소적 외교정책을 펼쳐 바르샤바 기구의 창설회원국이었다가 1996년 OECD에 가입하였고 새로운 유럽 질서 형성을 위하여 주변 국가들과의 관계를 재정립하는 등 변화의 물결이 일고 있다.

수도는 유명한 다뉴브 강이 시내를 관류하는 부다페스트로, 도시 중심에 자유항이 있고 도나우 강을 중심으로 하천 교통이 활발하며 부다페스트에서는 유럽에서 런던에 이어 두 번째로 1895년에 최초의 지하철이 건설된 역사를 가지고 있다.

헝가리는 지하자원이 적은 편이지만 보크사이트가 풍부하여 세계수출국의 하나이며, 바코니 산지가 유명해 수출에 큰 비중을 차지한다.

정부 형태는 대통령, 총리 공화정 형태이며 인구는 약 천만 명으로 수도는 부다페스트이다.

✠✠✠ 다뉴브 강의 진주 부다페스트

헝가리의 수도 부다페스트는 유럽에서 두 번째로 큰 다뉴브 강 연안에 위치한 중동부 유럽 최대의 도시로 '다뉴브 강의 진주' 또는 '동유럽의 파리' 라고 불릴 만큼 아름답다.

고딕 양식과 바로크 양식을 비롯한 역사적인 건축물이 여기저기 흩어져 있는 부다페스트는 '세계에서 가장 아름다운 도시' 라고 불러도 손색이 없다.

다뉴브 강이 흐르는 부다페스트의 전경

부다페스트는 지형적으로 보면 다뉴브우 강을 사이에 두고 부다페스트의 동쪽은 평야이고, 서쪽은 구릉이다. 다뉴브 강은 영어발음이며 독일어로는 도나우(Donau) 강이라 부르고 총 길이 2,850km로 중, 동부유럽의 10개국을 관통하는 강으로서 이 강을 사이에 두고 서쪽은 '부다' 라고 불리는 지역이고, 동쪽은 '페스트' 라고 불리는 지역으로 두 지역을 합쳐서 부다페스트라 한다.

부다 지역에는 부다 왕궁과 국립현대미술관, 마차시 교회 등이 있으며, 이 교회의 정식 명칭은 성 처녀 마리아 교회, 왕들의 대관식이 거행되어 온 교회이기 때문에 '제관교회' 라고도 불린다.

둘러볼 만한 곳은 어부의 요새, 영웅광장의 천년 기념비 등 부다페스트의 명물이자 기념비적인 건축물들이 있다.

✖✖✖ 부다 왕궁

부다 지역에는 부다 성과, 부다 왕궁, 국립 현대미술관, 밀랍인형 전시관, 마차시 교회가 자리하고 있다.

13세기에 지어진 부다 왕궁은 방어를 목적으로 벨라 4세에 의해 건축되었다. 그 후 제 2차 세계대전으로 파괴되어 신 고전양식으로 다시 지어졌으나 현재는 박물관과 도서관으로 이용되고 있다.

당시 이 부다 왕궁의 마차시 왕은 당시 이탈리아 예술가들이 왔을 때 그들을 시켜 모든 건물들은 르네상스 스타일로 변형시켜 부다 지

제2차 대전으로 파괴되어, 신 고전양식으로 재건된 부다 왕궁

역이 알프스 북쪽에 위치한 르네상스 문화의 중심지가 되는 계기가 되기도 하였다.

✠✠✠ 어부의 요새

헝가리의 부다페스트는 부다 지역과 페스트 지역으로 나뉘어 있는 도시인데 부다 지역을 대표하는 관광의 핵심이라고 하는 곳이 '어부의 요새' 다

1889년에서 1905년 사이에 건설되었고, 중세에는 근처에서 어부들

이 길드를 조직해 살았다고 해서 이름으로 불리게 되었다.

우리나라에 비유한다면 '헝가리의 행주산성'이라고 생각할 수 있는 곳으로 어부들이 어시장을 지킬 목적으로 성벽을 쌓고 적군을 방어하였다고 한다.

어부의 요새에 둘러있는 원뿔형의 7탑은 헝가리를 건국한 일곱 마자르족을 상징하고 있으며, 중세에는 어부들이 도나우 강에서 왕궁지구에 있는 어시장으로 가는 지름길로 사용하던 곳이다.

어부의 요새

✠✠✠ 청동 기마상의 동상

어부의 요새의 성에는 헝가리 최초의 국왕인 성 이슈트반의 청동 기마상의 동상이 어부의 성 앞에 건립되어 있다. 이 동상은 1906년에 제작되었으며, 기마상 밑에는 헝가리 국민들이 왕을 숭배하고 있다는 모습이 담겨져 있으며, 동상 위의 왕의 손에는 이중 십자가로 된 주교봉을 들고 있는데 기독교를 국교로 정한 것과 대주교 결정권을 교황으로부터 부여받은 사실을 의미한다고 한다.

청동 기마상의 동상

✠✠✠ 마차시 교회

　13세기 중엽에 세워진 마차시 교회는 헝가리의 가장 위대했던 왕인 마차시의 이름을 따서 붙였다고 한다.

　마차시 왕의 두 번째 결혼식이 이곳에서 거행되었으며, 합스부르크 최후의 황제인 카를 4세의 대관식을 포함하여 3번의 대관식이 거행되어 대관식 교회라고 부르기도 한다.

　16세기에 오스만튀르크의 지배를 받으면서 이슬람사원인 모스크로 사용하기도 했다. 17세기에는 다시 가톨릭교회가 되었고 18세기에 바로크양식으로 재건축되었기 때문에 이슬람적인 분위기와 가톨릭적인 분위기가 같이 나타날 수도 있다.

　교회의 지붕은 원색의 타일을 사용한 모자이크 모양으로 강렬한 인상을 준다. 내부는 헝가리 역사의 중요한 인상을 주며, 헝가리 역사의 중요한 장면들을 묘사한 프레스코화로 아름답게 장식되어 있다.

헝가리 마차시 교회

✠✠✠ 헝가리 국회의사당

부다 지역에서 도나우 강 아래를 내려다보면 강 건너에 아름다운 건물이 하나 눈에 들어온다. 1896년에 세워진 네오 고딕양식의 국회 의사당이다. 헝가리가 동유럽을 지배할 때는 어울렸지만 지금 보면 너무 크고 웅장한 느낌이 들 정도로 화려하고 크다.

고딕 건축 건물에 르네상스 양식의 돔을 올려놓은 것이 격에 맞지 않은 것 같지만 관광객들에게는 매우 아름답고 근사한 건축물로서 사진의 배경이 되기도 한다.

부다페스트의 건축물을 보면 계속해서 1896이란 연도가 나온다. 1896년은 헝가리인들의 조상인 마자르인들이 유럽에 온 지 천 년이 된 해이다.

도나우 유람선에서,
국회의사당 건물을 배경으로

이때 건국을 기념하여 마차시 교회가 재건립되었고, 국회의사당, 영웅광장의 천 년 기념비, 성 이슈트반 대성당, 중앙시장, 오페라 하우스, 어부의 요새 같은 부다페스트의 명물이자 기념비적인 건축물이 세워졌다.

유럽 제일의 고풍스럽고 아름다운 고딕양식의 국회의사당

✳✳✳ 겔레르트 온천

　헝가리의 부다페스트는 온천으로 유명하다. 특히 도나우 강을 따라 있는 온천 호텔만도 24개나 된다고 한다.

　부다페스트의 대표적인 온천은 겔레르트 언덕 아래에 위치한 겔레르트 온천을 꼽지만 이곳은 주로 관광객을 위한 곳이다. 이곳에서 가장 널리 알려진 온천은 영웅광장 뒤 시립공원 안에 있는 세체니 온천이다. 이 온천은 현지인이 많이 이용하지만 여행객들도 구경삼아 많이 온다.

온천장의 건물의 외관은 왕궁처럼 생겨서 우리가 생각하는 온천이라는 생각이 들지 않고 내부 또한 중세의 분위기가 물씬 풍긴다.

정해진 일정에 따라 이동하기에 온천을 즐길 시간의 여유가 없음이 유감이었다.

고풍스러우면서도 멋스러운 부다페스트의 온천 풍경

Poland

8. 폴란드 (아우슈비츠, 크라카우)

✠✠✠ 수도 바르샤바에 입국하면서

폴란드 이름의 뜻은 '평범한 나라'라고 한다. 그러나 그 나라의 역사는 한마디로 슬픈 역사를 지닌, 평범하지 않은 역사를 지닌 국가이다.

폴란드의 수도 바르샤바는 지리적으로 사방으로 통하게 되어 있어, 이런 지형적 조건 때문에 역사적으로 주변 열강의 침입을 많이 받았다. 북동쪽으로 러시아 연방, 동쪽으로 리투아니아, 우크라이나, 남쪽으로 슬로바키아, 체코, 서쪽으로 독일에 접하며, 북쪽은 발트 해에 면한다.

오늘의 수도 바르샤바는 1596년 크라쿠프에서 천도하여 1611년에 폴란드의 정식 수도가 되었다.

제2차 세계대전 이전에는 '북부의 파리'로 불리면서 유럽을 대표하는 아름다운 도시 중 하나로 이름을 떨쳤지만 제2차 세계대전 동안 완전 폐허가 되었다.

바르샤바는 1939년 9월, 히틀러가 이끄는 군대의 침공에 의해 시가지가 파괴되기 시작하여 서부지역은 독일에, 동부지역은 소련에 분할 점령되었고, 나치스 독일의 점령은 대량학살의 '죽음의 수용소'를 만들어내 역사에 남을 잔학상을 자행했다.

독일 점령 하의 1943~1945년에 걸친 '게토봉기'와 '바르샤바 봉기' 때의 격렬한 시가전 때문에 시내 건물의 80% 이상이 파괴되었고,

바르샤바 인구 60%가 희생했으며 박물관, 도서관, 미술관 등 바르샤바의 많은 유산이 약탈당했다.

이후 폴란드 사람들은 나치에 의하여 완전히 파괴된 수도를 다른 곳으로 옮기느냐, 아니면 바르샤바를 재건할 것인가, 고민하다가 바르샤바를 재건하자는 국민의 뜻에 따라 많은 시민들이 참여하여 폐허가 된 바르샤바를 예전의 모습으로 재창조하여 오늘에 이른 것이다.

폴란드인의 종교는 가톨릭교로 전 인구의 90%가 가톨릭교도이다. 공산정권 수립 후 폴란드도 종교 탄압에서 예외가 될 수 없었으나, 가

500년 동안 폴란드 왕이 거주했던 궁전, 바벨 성과 광장

톨릭은 여전히 국민의 정신생활에 깊이 뿌리 내리고 있고 결국 공산 정권도 완화조치를 취하게 되었다.

한편 1978년에는 크라쿠프의 비디우 추기경이 로마 교황 요한 바오로 2세로 선출되었다. 가톨릭교도 외에, 그리스 정교도, 프로테스탄트, 유대교도가 있다.

구시가인 크라쿠프에서 빼놓을 수없는 곳이 유명한 바벨 언덕이다.

폴란드 왕족의 명맥을 잇는 바벨 언덕은 모든 폴란드 사람들에게 성스러운 지역이다. 구시가의 남쪽 비스와 강 상류에 위치한 바벨 성은 500년 동안 폴란드 왕이 거주했던 궁전으로 지금까지 옛 왕국의 수도로서 명맥을 유지한 곳이며 많은 관광객들의 발길이 끊이지 않은 곳이다.

✖✖✖ 크라쿠프

폴란드 역사와 종교 예술의 중심 도시

크라쿠프는 폴란드의 젖줄인 비스와 강을 끼고 폴란드의 남쪽에 자리 잡은 중세도시로서, 11세기에서 17세기까지 폴란드의 수도로서 폴란드의 역사와 종교의 중심지이자 예술의 도시였다.

크라쿠프는 제2차 세계대전 당시 독일군의 사령부가 있었던 곳이

기 때문에 기적적으로 독일군의 포격을 면하여 아름다운 중세의 건물
이 많이 남아 있는 곳이다. 말 그대로 천 년의 역사를 자랑하는 폴란
드의 고도(古都)가 크라쿠프이다.

크라쿠프의 중앙 광장은 베네치아의 산마르코 광장 다음으로 유럽
에서 큰 광장이다. 예전에는 크라쿠프의 사교장 역할을 했던 곳으로
주위에 많은 역사 유적과 고건축물들이 남아 있다.

광장의 가운데 서 있는 멋진 동상은 '폴란드의 셰익스피어'라고
불리는 민족시인 아담 미츠키에비츠의 동상이라고 한다. 동상 주변은
십대들의 모임 장소이자 여행객들의 휴식 장소이다. 광장 주변은 교
회, 노천카페, 그리고 다양한 상점이 늘어서 있는 관광의 중심지이다.

'폴란드의 셰익스피어'라고 불리는 아담 미츠키에비츠의 동상 앞에서

✠✠✠ 성 마리아 교회

크라쿠프 광장에서 제일 눈에 띄는 건축물로서 800년의 역사를 가진 교회이다. 교회 외형이 특이하다. 두 개의 첨탑이 있는데 작은 첨탑이 교회 첨탑이고, 큰 첨탑이 시(市)의 첨탑이다.

이곳에 가면 나팔수가 매 시간 나팔을 연주하는 것을 들을 수 있는데, 흥미로운 것은 연주를 중간에 멈춘다는 것이다. 그 이유는 옛날 처음 타타르족이 크라쿠프를 침입할 때 적이 다가오는 걸 발견한 나팔수가 경보를 울렸다. 그러나 채 끝나기도 전에 적의 화살을 맞아 죽고 말았다고 한다. 그래서 아직도 나팔수가 음악을 연주하다가 중간에 멈춘다 한다.

성 마리아 교회

✤✤✤ 비엘리치카 소금 광산

사람들이 크라쿠프를 많이 찾는 또 다른 이유는 크라쿠프 인근에 있는 비엘리치카 소금 광산과 아우슈비츠 수용소 때문이다.

비엘리치카 소금 광산은 크라쿠프에서 동남쪽으로 15km 떨어진 곳으로 관광객으로 인산인해를 이루고 있어 줄을 서서 차례를 기다려야 한다. 소금 광산에서 사진을 찍으면 따로 티켓을 사야한다. 소금 광산은 혼자 구경하는 것이 아니라 조를 지어 가이드와 함께 투어를 한다. 투어는 각 나라의 말로 설명을 해준다. 일정한 사람이 모이면 엘리베이터를 타고 63m 지하까지 단숨에 내려간다. 갱도 깊이는 64~330m이며 총 길이는 300km이다.

이곳은 700년의 역사를 가진, 1250년에서 1960년까지 중세부터 현재까지 작업을 계속하고 있는, 유럽에서 가장 오래된 소금 광산이다.

재미있는 일화가 있다.

폴란드 왕 볼레스와프와 결혼하기 위하여 폴란드로 향하던 킹가 공주는 근교 소금물 습지에 있는 샘에서 발길을 멈추고 약혼반지를 그 속에 던져 넣었다. 폴란드에 도착한 공주는 주민들에게 암염 광산을 개발하라고 했다. 주민들이 공주의 말대로 땅을 계속 파내려 가자 암염 층이 나타났고, 암염 광산의 역사는 이 전설과 함께 시작되었다고 한다.

이리하여 킹가 공주는 비엘리치카 암염 광산과 그 주변을 크게 발전시킨 마을의 수호신과 같은 존재가 되었다고 한다.

초록색으로 빛나는 암염을 파 내려간 광산 노동자들은 지하 100m 지점에 길이 55m, 폭 18m, 높이 12m의 공간을 만들었다.

그리고 여기에 킹가 공주에게 감사하는 마음을 표현하고 작업의 안전을 기원하는 뜻으로 거대한 소금 예배당을 건설했다.

킹가 공주의 예배당에 있는 조각이나 부조 작품은 소금 결정으로 만들어진 샹들리에의 빛을 받아 빛나고 있었다.

이곳은 지하 최대의 예배당으로 예배는 물론 음향효과가 뛰어난 콘서트가 개최되기도 한다.

많은 조각과 조형물들이 700년에 걸쳐 조각, 제작되어 전시되었는데 헤롯왕의 유아 학살, 가나의 결혼 등 성경의 장면이 벽면에 조각되었고, 레오날도 다 빈치의 '최후의 만찬'을 모방한 작품도 있다.

관광을 마치고 올라올 때는 실제로 광부들이 사용했던 작은 엘리베이터를 타고 지상으로 올라온다. 광산 구내에서 사진 촬영을 금하므로 사진이 없어 유감스럽다.

✠✠✠ 아우슈비츠 강제수용소

인간의 잔악상에 몸서리쳐지는 곳

크라쿠프에서 54km 떨어진 곳에 아우슈비츠 수용소가 있다. 영화 '피아니스트'와 '쉰들러 리스트'에서 보았던 장면들이 떠오르는 곳이다.

아우슈비츠는 독일식 명칭이고 수용소의 정확한 지명은 오슈비엥침이라 한다. 현재는 과거의 수용소 일부와 유물, 사진들을 통해 당시 생지옥의 모습을 보여주는 전시용으로 이용하고 있다. 14세 폴란드 어린이들은 의무적으로 방문하는 곳이기도 하다.

1940년 건설 당시에는 정치범을 수용하기 위해 만들어졌지만 지리적으로 유럽 각지에서 기차로 전쟁 포로와 유대인들을 실어 나르기 쉽고 인구 밀집 지역에서 멀리 떨어져 있다는 입지조건 때문에 유대인들의 강제수용소로 변했다. 폴란드는 전쟁이 끝난 후 이곳을 다시 옛 이름으로 바꾸었다. 당시 이곳에는 아우슈비츠 수용소 외에 두 개의 수용소가 더 있었다.

수용소에서는 28개 민족, 150만 명 이상의 사람들이 수용되고 희생되었다. 그 가운데 약 90%가 유대인이었다.

아우슈비츠 건물에는 수용소에 도착하자마자 찍은 증명사진 등 비참한 역사를 보여주는 사진들이 전시되어 있다. 수용자들의 비참한 수용생활을 보여주는 숙소, 화장실, 그리고 수용자들에게 몰수한 생활용품들이 공개되어 있다. 전시관 유리벽 안에는 수많은 의복, 신발, 트렁크, 식기, 안경, 칫솔, 거울, 어린이 우유 통, 의족이나 의수들이 산더미처럼 쌓여 있다.

나치는 사람의 머리카락이나 신체의 일부를 이용하여 카펫이나 비누를 만들었을 만큼 그들의 잔악상은 극에 달했고 병적이었다.

나치는 1941년에 오슈비엥침의 유태인 수용소가 넘치자 이곳에서 3km 떨어진 마을에 아우슈비츠 수용소의 10배 크기로 제2수용소를 만들었다. 1945년 소련군이 들어와 전쟁이 끝나자 폴란드 국회는 수용소를 박물관으로 만들기로 결정했으며 지금도 많은 관광객들의 발길이 끊이지 않는다.

수용소 시설 중 생지옥은 가스실이다. 가스처형실에서는 한 번에 700명까지 처형을 했으며 소각장에서는 한 번에 340명까지 죽은 시체를 소각했다고 한다.

우리가 서 있는 아우슈비츠 수용소 입구 막사 전경

철도 노선 끝에 국제위령비가 세워져 있다. 당시 150만 명 이상의 사람들이 아우슈비츠 강제 수용소에서 희생되었다고 한다. 주위에는 이들의 죽음을 추도하기 위한 4백만 개의 돌이 쌓여 있다.

이것이 역사요, 현실이다. 우리 일행은 이것을 눈으로 직접 보고, 느끼려고 멀리 지구를 돌아서 역사의 발자취를 따라 이 자리에 서 있는 것이다.

유대인 학살 수용소 아우슈비츠 막사

✠✠✠ 유대인, 유대 민족

역사의 현실 앞에, 이곳 아우슈비츠 수용소의 현실을 눈앞에서 바라보는 이 많은 사람들은 과연 무슨 생각을 할까? 불신하고, 우상을 섬기며, 메시아를 십자가에 매달은 죄 때문에?

그들은 하나님의 백성이면서 하나님께 대한 불신앙과 불순종 때문에 거듭 실패했고, 메시아를 기다리면서도 메시아를 거절하고 십자가에 못 박아 죽였기 때문에 이렇게 무서운 죄의 대가를 치러야 했던 것이다.

빌라도가 이르되

"어찜이뇨, 이 사람(예수)은 죄가 없는데."

유대인들이 소리 질러 이르되

"그래도 십자가에 못 박아야 하겠나이다."

빌라도가 다시 말하니

"이 사람에 대하여 나는 책임이 없다. 너희가 책임지겠느냐?"

유대 백성들이 한 목소리로 대답하되

"그 피의 대가를 우리와 우리 자손들이 책임을 지겠소." (마태복음 27:23-25)

그 결과 그들은 2천년 동안 방황하는 민족이 되었고 무서운 증오의 대상이 되었으며, 역사상 예를 찾아 볼 수 없을 정도로 도처에서 특히 유럽 각지에서, 특별히 이곳 아우슈비츠에서 무수히 살육당하게 되었다.

그러면 선민 유대인(이스라엘)의 운명은 장차 어찌될 것인가? 우상숭배와 불신앙 때문에 영원히 버림받고 말 것인가? 메시아를 십자가에 못 박아 죽인 죄 때문에 영원히 소망이 없는 것인가?

유대 민족, 이스라엘은 아무리 생각해도 역사의 수수께끼요, 불가사의한 민족임이 틀림없다.

 이 세상 넓고 넓은 천지에 유대인이 마음 놓고 살 곳이란 한 군데에도 없었고, 가는 곳마다 박해와 추방과 살육이었음을 역사를 통하여 너무나도 잘 알려진 사실이다.

 그런데도 지구상에 없어져야만 될 민족, 역사의 수수께끼인 유대 민족 이스라엘은 2000년이 지난 지금도 살아남아 있고, 또 세상을 향하여 큰소리까지 지름은 무슨 까닭이뇨?

 그러나 분명한 것은 하나님의 선민인 유대인은 영원히 버림받지 않을 것이란 하나님의 언약이다. 그들은 하나님이 택하신 선민이요, 나중에 영화로울 것이라고 약속하였기 때문이다.

 하나님은 마른 뼈와 같이 소망 없는 그들이었지만 약속한 대로 이방 여러 나라들로부터 불러 모아 회복시킨다고 예언하셨기 때문이다. 유대 민족은 여러 민족으로부터 저주와 버림받은 민족이었지만 결국에는 축복받은 민족이 된 것이다. 이것이 하나님의 약속이요, 예언의 성취이다.

통곡의 벽 앞에서 기도하는 유대인

9. 독일 (뮌헨)

Deutschland

✠✠✠ 독일에 입국하면서

　북쪽으로 덴마크와 북해, 발트 해, 동쪽으로 폴란드와 체코, 남쪽으로 오스트리아와 스위스, 서쪽으로 프랑스, 룩셈부르크, 벨기에, 네덜란드와 국경을 맞대고 있다. 수도는 베를린으로 면적은 $357,000km^2$이다. 인구는 8천2백만 명으로 유럽 연합에서 인구가 가장 많다.

　16세기에 북독일은 신교 개혁의 핵심부로 자리 잡았고, 1871년 프랑스-프로이센 전쟁 중에 독일은 최초로 통일을 이루어 근대적인 국민 국가가 되었다.

　제2차 세계대전이 끝나고 1949년에 독일은 연합국 점령지 경계선을 따라 동독과 서독으로 분단되었으나 1990년에 재통일을 이루었다.

✠✠✠ 독일에서 일어난 마지막 종교 전쟁

　1517년 시작된 마르틴 루터의 종교개혁을 계기로 유럽 전역에 구교(가톨릭)와 신교(프로테스탄트)의 대립이 퍼져갔다. 이로 인해 한 국가 안의 귀족들이 구교도와 신교도로 나뉘어 다투는 나라도 많았고, 구교도국과 신교도국의 거대한 종교전쟁이 발생하기도 했다.

　프랑스의 발루아 왕조는 1589년에 국내의 구교 귀족과, 신교 귀족의 항쟁이 계기가 되어 멸망하였고, 구교를 믿는 대국이었던 스페인은 종교 대립에 의해 신교국인 영국과 싸워 1588년 아르마다 전쟁에서 대패하여 쇠퇴하였다.

1618년부터 1648년에 걸쳐 일어난 독일의 30년 전쟁은 마지막 전쟁으로 불리는데 유럽 대부분의 나라가 구교와 신교로 나뉘어 독일의 대전에 개입하고 장기간에 걸쳐 전쟁을 치렀다.

✸✸✸ 30년 전쟁(장미전쟁)과 그 종결

루터의 종교 개혁은 독일에서 시작되었고 그 때문에 구교와 신교의 대립은 독일에서 가장 심했다. 독일 국내에서는 구교도와 신교도가 뒤섞인 상태에서 서로 반목하는 상황이 오랫동안 계속되었다.

루터파는 비교적 온건파였지만 1541년 루터의 영향을 받은 칼뱅이 제네바에서 종교개혁을 시작했고 상공업자의 지지를 얻게 되자 칼뱅파와 가톨릭의 대립이 더욱 거세졌다. 이 대립은 상공업을 번성시켜 국가를 풍요롭게 만들자는 새로운 발상을 가진 귀족들과 힘으로 민중을 제압하려는 낡은 발상을 가진 귀족들의 대립이기도 했다.

보헤미아의 구교 세력과, 신교 세력은 팽팽하게 대치하고 있었다.

한편 합스부르크가의 보헤미아 왕 페르디난트 2세는 완고한 구교도로 반 종교 개혁을 내세웠다. 그리고 신교 민중들이 국왕의 사자에게 폭행을 가한 것을 계기로 보헤미아 귀족이 반란을 일으켜 의회는 왕의 폐위를 결정했다.

국왕과 의회는 각각 구교와 신교를 믿는 독일 귀족과 외국 세력이 가담했는데, 스페인은 구교를 지지했고, 덴마크와 스웨덴은 신교를 지지했다. 프랑스는 구교였지만 프랑스 국왕 루이 13세는 독일 구교파의 중심인물인 페르디난트 2세가 보헤미아 왕에서 신성로마 황제(오스트리아 황제)가 되었기 때문에 신교에 가담했다. 이 기회에 오스트리아의 영지를 빼앗겠다는 생각이 있었기 때문이다.

두 진영이 서로 싸우다가 완전히 지치자 평화가 이루어졌고 베스트팔렌 조약으로 신교의 자유가 보장되었다.

30년 전쟁을 치르면서 독일은 외국의 군대에 의해 크게 황폐화되었다. 이 전쟁이 벌어지는 동안 인구가 40% 가까이 감소되었다는 기록도 있다. 30년 전쟁으로 독일인은 외국에 대한 반감을 갖게 되었고 독일인의 민족의식이 높아졌다.

1933년 2월 독일 제국의회에서 히틀러는 무제한적인 입법권을 부여 받았고, 히틀러는 자신의 막대한 권력으로 반대세력을 무너뜨리고 제2차 대전을 일으키는 등 유럽 대륙의 상당지역을 장악하였다. 1941년 일본과 동맹을 맺은 독일은 미국에 선전포고를 하였고 1945년 5월 8일, 붉은 군대가 베를린을 점령한 뒤 독일군이 항복하였다.

독일은 '홀로코스트' 라고 불린 대학살을 통하여 수많은 반대 세력과 소수집단을 탄압하기 위한 정책을 실행하였다. 이로 인하여 1,700만 명이 살해당하였는데 그 가운데는 유대인이 6백만 명이었고 집시와 폴란드인, 소련의 전쟁포로를 비롯한 동성애자, 장애인, 정치적 반대 세력 상당수도 있었다.

✖✖✖ 독일의 분단과 통일

1949년 5월 23일에 나치 독일이 제2차 대전의 패전으로 항복했다. 이와 함께 미국, 영국, 프랑스, 소련의 4개 나라가 독일을 공동 관리하게 되었다.

독일 영토 중 프랑스, 영국, 미국이 통제하는 서방측 지구가 통합하여 독일 연방 공화국이 들어섰으며, 같은 해 10월에 소련측 지구는 독일 민주공화국이 되었다. 이를 각각 서독과 동독으로 칭하였으며, 베를린 역시 서 베를린과 동 베를린으로 갈라졌다. 동독은 동 베를린을 수도로 삼았으며, 서독의 경우는 본이 수도가 되었다.

독일의 통일을 갈망하는 목소리는 높았지만 당시 오스트리아와 프러시아라는 양대 세력이 대립하고 있었기 때문에 독일 통일은 쉽게 이루어 지지 않았으나 그 후 프러시아에 의해 독일 통일이 이루어지기까지 200여 년의 오랜 시간이 필요했다.

결국 동, 서독의 통일은 공산주의와 자본주의의 경쟁에서 공산주의의 패배를 뜻하게 되고, 독일의 통일이 끝내는 세계 공산권을 무너뜨리는 결과를 낳고 만 것이다.

✠✠✠ 베를린 장벽의 탄생과 붕괴

베를린 장벽은 1961년 건설돼 동독의 국경이 개방된 1989년까지 28년간 베를린과 독일 분단의 상징으로 남아 있었다.

200만 톤 이상의 콘크리트, 70만 톤의 강철로 만들어진 이 장벽 주변에는 대전차, 대인지뢰, 고압전류 철조망, 자동발사 총 등이 설치돼 서독으로 넘어가려는 동독인들을 저지했다.

하지만 동독인들은 자동차 트렁크에 숨거나 땅굴을 파고 열기구와 비행기를 이용하면서까지 국경을 넘었다. 그 숫자는 40만 명이 넘었으며 그중 1,300명 이상이 목숨을 잃었다.

무너진 독일 베를린 장벽

베를린 장벽의 철거는, 동독의 자유화와 공산주의 체제의 붕괴 그리고 동, 서독의 통일을 예언하는 것이었다.

이 역사적인 참담함과 비극의 역사를 되씹으면서 라인 강을 따라 종교 개혁의 발자취를 밟아본다.

✠✠✠ 마르틴 루터의 성지 보름스 교회

보름스 교회는 본에서 남쪽으로 약 160km정도 떨어져 있는 작은 도시이다.

12세기경에 세워진 보름스 돔(대성당)으로 루터의 종교재판을 받은 곳으로 유명하며 원래는 초기 가톨릭 교회였으나 종교개혁을 거치면서 개신교회가 되었고, 이곳이 독일 보름스 종교 개혁의 발원지가 되었다.

루터가 황제 앞에서 재판을 받기 전 '내 주는 강한 성이요' 를 작곡한 지점에 세워진 루터 기념 동상이 유명하다.

루터 동상은 1856년에 시작해서 1868에 완공되었으며 높이는 약 2m 정도이다. 여기에 서 있는 루터는 성경에 손을 얹고 서 있는데, 이 모습은 루터가 1521년에 보름스 의회에서 황제 칼 5세 앞에 당당히 서 있는 모습이라는 설명이 동상 밑에 적혀 있다.

독일 종교 개혁의 성지 보름스 대성당

✠✠✠ 종교 개혁자 루터의 동상

보름스 대성당 앞에 세워진 루터 동상 밑에는 "나는 여기에 서 있다. 나는 달리 할 수 없다. 하나님이여! 나를 도우소서. 아멘." 이라는 글이 새겨져 있다. 이 말은 루터가 1521년에 독일 황제와 의회가 루터에게 그의 개혁사상을 취소하라고 할 때 결연한 자세로 그들 앞에 한 말이다.

루터 동상 바로 밑에는 루터 이전의 종교개혁자 4명의 동상이 네 귀퉁이에 앉은 자세로 배치되어 있다. 후스는 손에 십자가를, 위클리프는 성서를, 발두스는 허리에 주머니를, 사보나롤라는 오른손을 들고 앉아 있는 모습으로 된 조각상이다.

이 4명은 루터보다 100여 년 전, 혹은 그보다 훨씬 이전에 중세 가톨릭의 잘못을 지적하는 개혁을 시도하다가 성공하지 못하고 처형되거나 박해를 받았다.

밑의 4명 외에 바깥쪽 주위에 여러 명의 동상이 있는데 이들도 루터의 종교개혁을 도운 사람들이다. 그들은 루터의 종교개혁의 선구자요, 그들의 개혁사상이 루터의 종교개혁의 밑거름이 되었기 때문일 것이다.

마르틴 루터와 루터 이전의 개혁자 4명의 동상

France

10. 프랑스 (파리)

✿✿✿ 프랑스에 입국하면서

프랑스는 유럽 연합 중 가장 영토가 큰 나라이다. 유럽 연합을 이룰 때 독일과 함께 주도적인 역할을 했고 북대서양 조약기구의 회원국이다.

프랑스의 전체 면적은 대략 55만km²로 러시아와 우크라이나에 이어 유럽에서 세 번째로 큰 나라이다. 서쪽으로 대서양이, 남쪽으로는 지중해, 북쪽으로는 북해와 접해 있다.

프랑스와 국경을 맞대고 있는 나라로는 동쪽은 이탈리아, 스위스, 독일이 있으며 북동쪽은 룩셈부르크, 벨기에, 남쪽은 에스파냐가 있다.

종교

종교개혁 이후 유럽은 루터파, 칼빈파, 영국국교회파, 가톨릭, 재세례파가 혼재하며 어수선 했다. 프랑스의 종교는 로마 가톨릭의 뿌리가 깊은 나라이며 16세기 프랑스 종교개혁으로 위그노라고 부르는 프랑스 개신교가 태어났다.

1572년, 프랑스 왕비는 위그노파(프랑스 개신교)들이 모반을 꾀하고 있다고 남편을 설득했다. 그래서 성 바돌로메 축제일 저녁, 왕의 병사들이 마치 인종청소라도 하듯이 파리 시내를 휩쓸고 다니며 개신교 신자들을 무차별 학살했다. 그날 하루 동안 1만 명 이상의 프로테스탄트 교인이 목숨을 잃었고, 다음날까지도 희생자들의 피가 루브르 박물관의 계단 아래로 뚝뚝 떨어졌다고 한다.

1598년에 낭트칙령이 반포되기 전까지 프랑스에서 개신교는 불법이었다. 현재는 북아프리카 등에서 이주한 이민들의 영향으로 무슬림들의 비율도 높은 편이다.

우리나라와의 관계는 조선 초기에 프랑스의 선교사들이 포함된 천주교 신자들을 조선정부가 탄압하는 사건이(병인양요) 발생하였고, 이로 인하여 외교문제가 되었다. 당시 프랑스 군대에 강탈당한 외규장각 문서 등 문화재의 반환 문제는 현재도 진행 중이다.

한국 전쟁 때는 유엔군의 일원으로 한국에 파병했고, 현재 한국과의 관계는 긴밀한 협력 관계를 맺고 있다.

❋❋❋ 베르사유 궁전

찬란했던 절대 왕권 절정기의 상징인 베르사유는 1682년부터 1789년까지 프랑스의 정치적 수도이자 부와 권력의 중심이었다.

"짐은 국가다." 라고 말하며 프랑스 역사상 최고의 왕권을 누렸던 루이 14세는 거처하던 파리 루브르 궁전에 싫증을 느꼈다. 그래서 당시 사냥터였던 베르사유에 50년에 걸친 대공사 끝에 베르사유 궁전을 완성했다.

이 궁전은 동시에 2만 명을 수용할 수 있는 규모와 화려함이 극치를 이루고 유럽 궁전건축의 모델이 되었다.

루이 16세와 왕비 마리 앙투아네트가 호사를 누리다가, 재정파탄 등 국민 궐기로 1792년 프랑스 혁명이 일어났다. 이로 인하여 의회가 왕정을 폐지하면서 국왕 일가는 유폐되었다가 이듬해 혁명 광장(현 콩코드 광장)에서 각각 단두대의 이슬로 사라졌다. 이로써 베르사유 궁전의 호화롭던 시대가 막을 내렸다.

탄성이 절로 나는 '거울의 방'

궁전에서 가장 인기 있는 방은 '거울의 방'으로 화려함이 극치를 이룬다. 길이 75m, 높이 12m의 넓은 방으로 정원 쪽에 17개의 창문이 나 있고 벽면에는 578개의 거울로 장식하였는데 햇빛이 거울에 반

사되는 모습이 압권이다. 이곳은 주로 축제와 중요한 행사들이 열리거나 주요 외국 사신들을 접대하였다.

역사적인 사건은 프랑스와 프로이센 전쟁이 끝난 1871년, 프로이센 국왕 빌헬름 1세가 이곳에서 독일 황제 즉위식을 가졌다. 프랑스 국민은 이것을 치욕으로 여겼다. 비록 전쟁에 졌지만 권력의 상징이었던 유서 깊은 궁전이 짓밟혔다는 사실이 그들의 자존심을 상하게 했던 것이다. 프랑스는 그 보복으로 1919년 이 궁전의 거울의 방에서 독일에게 강화조약을 하도록 강요하여, 제1차 대전은 끝났지만, 베르사유 조약이 독일에게 지나치게 엄격한 조건을 부과했기 때문에, 결국 이

파리 베르사유 궁전의 화려한 외관

때 남은 앙금이 제2차 대전으로 이어졌다고 한다.

궁전의 화려함과 사치함을 더 이상 표현할 수 없다. 궁전 관광을 마치고 정원으로 이동하여 베르사유의 진수는 궁전보다 정원에 더 있다고 한다.

루이 14세가 궁전 화단에 꽃이 만발한 모습을 보기 위해 15만 그루의 식물을 심은 것으로 유명한 정원 한 가운데에는 가장 큰 분수인 넵륜의 분수가 있고, 테라스 앞에는 라톤의 분수가 있다. 분수를 지나면 잔디밭이 나오고 잔디밭 끝에서부터 너비 62m, 길이 150m의 십자가 모양의 인공운하가 자리 잡고 있다. 아름답고 화려하게 잘 조성된 베

베르사유 궁전 별궁을 배경으로

정원 : 베르사유 관람의 진수는 궁전보다 정원인데 그 규모나 화려함에 유럽 정원 양식의 표본이 되었다고 한다.

르사유 정원을 산책하다 보면 누구나 왕족이 된 듯한 착각에 빠질 정도로 무척이나 아름답다. 곳곳에는 뛰어난 조각상과 분수들이 화려했던 그 시대를 대변해 주고 있다.

시대의 변천으로 인한 변화는 오늘의 프랑스 베르사유 궁에도 볼 수 있다. 유럽 긴축재정의 여파로, 줄어든 보조금을 충당하기 위하여 역사적인 베르사유 궁에 호텔을 짓는 공사가 한창이다. 2012년 공사가 끝나면 객실 22개짜리 호텔이 개관을 하는데 이 궁전에 살았던 마리 앙투아네트가 가장 좋아하는 짙은 장밋빛과 파란색으로 호텔을 꾸몄고 숙박비는 1박에 950달러, 약 105만원이라고 한다.

❖❖❖ 파리 루브르 박물관

225개의 방에 30여 만점의 작품을 소장하고 있는 루브르 박물관은 파리의 중심가인 리볼리 가에 있으며 세계적으로 손꼽히는 국립 박물관이다.

한 작품당 1분씩 감상한다고 해도 18개월이 걸릴 만큼 방대한 작품을 소장하고 있으며 그 이동 동선만 해도 60여km에 달한다.

원래 루이 14세가 거주하던 루브르궁으로, 1672년 베르사유 궁으로 이주함으로, 프랑스 대 혁명당시 국민회의에서 루브르 박물관으로 국가의 걸작을 전시해야 한다고 선포하여 오늘의 국립 박물관으로 이르게 된 것이다.

외관상 특이한 것은 루브르 박물관 입구에 현대적인 재료인 유리로 만들어진 피라미드 조형물은 근대 건설된 것인데, 한때 어울리지 않다는 여론이 많았으나 현재는 20세기를 대표하는 건축물의 하나로 유명하다.

유명한 몇 가지의 작품만 감상해 보자

먼저 입장권 구입 장소인 나폴레옹 홀에서 입장해 1층 4번 방의 미켈란젤로의 '죽어가는 노예 상'과 카노바의 '프시케와 큐피드'를 감상하자.

2층 계단을 따라 올라가면 금방 날 듯한 자세를 취하고 있는 니케 상이 보인다. 니케는 승리의 여신으로 우리에게 잘 알려진 영화 '타이타닉' 에서 남녀 주인공이 뱃머리에서 니케 상을 재현해 유명해진 작품이라고 한다.

34번 방에는 비너스가 있다. 비너스 상은 작자 미상으로 그리스 근처의 밀로라는 섬에서 발견된 것이다. 비너스상은 수학적인 질서인 황금비율로 만들어져 실제의 인간의 몸매로는 절대 불가능한 팔등신

프랑스 파리의 루브르 박물관

의 이상적인 미를 자랑하
는 걸작이다.

레오나르도 다빈치의 모나리자

계단을 따라 오르면 많
은 인파로 둘러싸인 르네
상스 작품들이 진열된 1번
~8번 방이 나오는데 우리
는 6번 방에서 레오나르
도의 다빈치의 '모나리
자'를 감상할 수 있었다.

그러나 너무 많은 관광
객이 몰려 제대로 감상할
수가 없었다. 또한 '모나
리자' 작품이 한때 도난당한 적이 있어 도난 방지를 위하여 유리벽에
갇혀 있어 제대로 감상하기 어렵다.

모나리자는 구도와 원근법의 측면에서 수수께끼 같은 작품이다. 레
오나르도 다빈치는 손가락으로 윤곽선을 지워 마무리하는 특유의 기
법을 사용하여 성스러우면서 냉정한 신비의 미소를 창조했다고 한다.
다빈치는 모나리자를 통해 한 인간의 모습뿐만 아니라 그 속에 담겨
있는 내면의 영혼까지 표현하고 있다

✠✠✠ 개선문

　지름 240m의 원형 광장에 서 있는 높이 50m의 건축물로 프랑스 역사 영광의 상징인 콩코드 광장에서 북서쪽으로 2,2km 거리에, 샹젤리제 거리의 끝 부분에 위치해 있다.

　이 개선문과 그 주위를 둘러싼 샤를르 드골 광장은 파리에서 가장 유명한 장소라고 말할 수 있다. 샹젤리제를 비롯한 12개의 대로가 이곳으로부터 출발하는 교통의 중심지이기도 하다.

파리의 개선문 앞에서

이 문은 1806년 승리를 기념하기 위해서 나폴레옹의 명령으로 착공되었으나 그는 개선문의 완공을 보지 못하고 사망하였다. 1920년 이래로 1차 대전에서 전사한 무명용사의 시신이 중앙 아치의 밑에 묻히게 되었고 매일 저녁 6시 30분에 이들을 기리기 위하여 불꽃이 타오르는 것을 볼 수 있다.

✠✠✠ 에펠탑

프랑스 파리 관광의 일품은 센 강에서 야간 유람선을 타는 것이다. 강변을 따라 내려가면 유명한 루브르 박물관, 노트르담 사원, 콩코드 광장, 에펠탑 등 파리 유명 관광지를 차례로 보면서 지난다.

또한 파리에서 유명하고 아름다운 퐁네프다리, 미라보다리 등 20여개의 다리를 지나면서 보여주는 야경은 그야말로 센 강의 시원한 여름 밤 바람과 함께 계속되는 여행의 피로를 말끔히 씻어준다.

많은 관광객을 태운 유람선이 어둠을 헤치고 에펠탑으로 다가가면 에펠탑은 낮의 날씬하고 늠름한 철의 조형미를 완전히 털어내고 시커먼 하늘을 향해 타오르는 듯 어마어마한 불기둥으로 솟아 있다.

에펠탑은 파리의 상징이자 건축물 시공 역사에 손꼽는 기술적 걸작이다.

1889년 프랑스 정부는 프랑스 혁명 100주년 기념 박람회를 계획하

해질 무렵 파리 센 강의 유람선에서 바라보는 강변의 에펠 탑

면서 이에 적합한 기념물의 설계안을 공모했다. 100여점의 응시 작품
중에 유명한 교량기술자 구스타브 에펠의 설계안을 채택했다.

높이 300m의 노출격자형 철 구조를 세우려는 에펠의 구상은 경이
와 회의를 불러 일으켰으며 미학적 측면에서도 적지 않은 반대를 받
았다.

에펠탑은 건설 전부터 예술성과 공업성, 추함과 아름다움의 사이에서 시비가 많았으나 드디어 1887년 1월 28일 사람들의 반대에도 불구하고 에펠탑 건설을 위한 첫 곡괭이질이 시작되었다.

건설기간은 1887년에 착공하여 25개월간 걸렸으며 높이 320m에, 철 구조물의 중량만도 7,100t이며 계단수가 1,652개이다. 프랑스 파리의 상징물로서 관광객으로 매일 인산인해를 이룬다.

해질 무렵 유람선을 타고 센 강을 따라 파리를 가로지르면 빨갛게 달아오른 하늘을 배경으로 아름다운 고전 건축물들이 그림책을 펼치듯이 차례로 다가왔다가 사라진다.

아름다움과 경이로움으로 선상의 관광객들이 환성을 울리고, 매시 정각마다 시작하는 사이키 조명이 에펠탑을 보석처럼 빛나게 하면 마치 하늘에서 아름다운 별들이 마구 쏟아지는 듯한 절정의 환희를 맛본다.

센 강의 유람선이 에펠탑을 뒤로 한 채 파리의 밤은 깊어가고, 센 강은 여전히 미라보 다리 밑으로 흐른다. 우리들의 추억과 사랑도 흐른다.

파리 센 강 유람선에서 올려다 본 에펠 탑의 야경

✠✠✠ 몽마르트르 사원 언덕

이 사원은 언덕의 정상부분에 있는 몽마르트르 언덕 위에 있으며, 1876년에서 약 40년의 세월에 걸쳐 만들어진 교회이다. 로마네스크와 비잔틴 양식으로 지어진 아름다운 교회로 파리가 프러시아에게 정복당하고 수도 파리가 피로 물들인 시민전쟁이 일어난 1870년 이후 예수에게 바쳐진 사원이다.

몽마르트르 언덕은 로마교회와 관련해서 종교적 의미를 띄면서도 이곳에서 시대에 따른 예술적인 정체성을 간직하고 있는 곳이며, 문화적 중심지이기도 하다. 이곳을 방문하는 여행객이 600만에 이른다고 한다.

창작과 예술의 장소이기도 하며, 이곳에서 관광객들은 항상 계단 한쪽에서 그림을 그리는 무명화가들을 볼 수 있고 또한 영화 촬영현장을 발견할 수 있다.

반면 이러한 예술적 모습을 띄는 지역이 밤에는 환락가로 변하여 여성이 혼자 걷기에는 불안할 정도이다.

파리의 몽마르트언덕의 성심성당(샤크레 괴루사원) 앞에서

11. 영국 (런던)

England

✠✠✠ 영국에 입국하면서

영국이 독립국이 되기까지 고난의 여정을 보자.

　지역적으로 엄밀하게 말하면 영국은 다섯 개의 지역으로 나눌 수 있는데 크게는 그레이트브리튼 섬과 그 서쪽의 아일랜드 섬으로 나눌 수 있다.

　그레이트브리튼 섬은 잉글랜드, 스코틀랜드, 웨일스의 세 지역으로 구성되어 있고, 아일랜드는 아일랜드 공화국과 북아일랜드로 분할되어 있다.

영국의 5개 지역

현재 영국의 정식 명칭은 '그레이트브리튼 및 북아일랜드 연합왕국 (United Kingdom of Great Britain and Northern Ireland)' 이다.

우리가 말하는 '영국' 이라는 말에는 그레이트브리튼 및 북아일랜 드라는 국명을 가리키는 넓은 의미와 그레이트브리튼 섬을 가리키는 경우 그리고 잉글랜드를 표현하는 가장 좁은 의미가 있다.

이처럼 '영국' 이라는 말의 애매함은 잉글랜드 왕국이 잇따라 다른 지역을 병합시켜 영국 세계를 통일했기 때문에 발생한 현상인데, 스 페인의 무적함대를 격파하고 해외 발전의 기초를 굳히며 절대군주 제 도를 구축한 엘리자베스 1세는 영국세계 전체의 국왕이 아니라 웨일 스와 아일랜드 섬을 지배하던 시기의 잉글랜드 국왕이었다.

✖✖✖ 켈트인과 게르만 민족에 의한 영국세계의 성립

영국세계는 켈트인과 게르만 민족(게르만인인 앵글로색슨과 노르 만인)의 혼혈에 의해 형성되었다. 기원전 5세기경, 대륙으로부터 브 리타니아로 불리던 영국세계로 이주해온 켈트인은 아일랜드에서는 켈트 4왕국을 구축하여 번영을 누리는 한편, 스코틀랜드와 웨일스도 침공했다. 이어서 4세기 말에 시작되는 게르만 민족 대이동에서는 앵 글로족과 색슨족이 잉글랜드에 7왕국을 세웠다. 그 후 노르만인이 잉 글랜드를 정복하여 앵글로색슨족과 노르만인의 동화가 시작되었다.

노르만 왕조는 1171년에 아일랜드를, 1282년에 웨일스를 정복했지만 아일랜드와 웨일스에는 켈트문화가 뿌리 깊게 남았다. 원래 드루이드교를 믿던 켈트인은 5세기경에 가톨릭으로 개종했다.

또한 영국왕가가 1534년에 가톨릭에서 프로테스탄트인 영국 국교회로 개종하여 아일랜드와 영국의 분쟁이 시작되었다.

✠✠✠ 스코틀랜드 병합과 북아일랜드 분쟁

스코틀랜드의 통일은 9세기에 이루어졌는데 아일랜드에서 이주민 계보를 이어받은 켈트인에 의해서였다. 따라서 스코틀랜드에서는 영어가 아닌 켈트어가 사용되었다.

중세에 스코틀랜드는 점차 잉글랜드화 되었고, 왕가와 영국 국왕의 인척 관계도 깊어졌다.

1603년, 엘리자베스 1세가 후손이 없이 세상을 뜨자 스코틀랜드의 국왕 제임스 6세는 영국 국왕 제임스 1세로 즉위했다. 이를 계기로 스코틀랜드는 영국과 연합을 맺게 되었고 양국은 정식으로 18세기 초에 합병했다.

제임스 1세는 프로테스탄트인 농민들을 아일랜드 북부의 알스터 지방으로 이주시키는 정책을 펼쳤고 그 결과, 가톨릭으로 남아 있는 아일랜드 섬의 주요 지역과 프로테스탄트가 많은 북아일랜드와의 대립

카톨릭 대성당을 배경으로

이 발생했다.

영국의 아일랜드 진출은 매우 애매한 형식으로 이루어졌다.

16세기 중반에 영국의 헨리 8세가 일방적으로 아일랜드 국왕을 자칭했지만 아일랜드의 귀족들은 그것을 인정하지 않았다. 즉, 아일랜드인의 입장에서 보면 아일랜드는 틀림없는 독립국이지만 영국인(잉글랜드인)의 입장에서 보면 영국의 일부라는 기묘한 상황이 펼쳐진 것이다. 또한 1649년, 영국의 크롬웰에 의해 아일랜드 원정이 이루어져 영국의 식민지가 되어버렸다. 크롬웰은 청교도혁명에 의해 스튜어트 왕조의 군주 제도를 쓰러뜨린 것으로 역사에 남아 있는 인물이다.

19세기 말에 아일랜드에서는 반영(反英) 감정이 높아졌고 아일랜드의 주요 지역은 1922년에 아일랜드 자유국으로 실질적인 독립을 이루었다. 그 후 1949년에는 완전한 독립이 이루어져 아일랜드 공화국이 탄생했다.

그 결과 북아일랜드에서는 영국의 영토로 남아 있으려는 통합론자와 독립을 요구하는 민족주의자와의 대립이 계속 이어졌다.

그러나 민족주의자들은 소수파지만 그 일부는 아일랜드 공화국 군대를 만들어 테러 활동을 계속하고 있는 실정이다.

✖✖✖ 청교도 혁명

청교(Puritain), 또는 청교도는 16~17세기 영국(England)의 칼뱅주의 계열 개신교를 말하는 것으로, 이들은 당시 영국의 종교개혁이 (성공회) 불완전한 개혁이라 이해하며, 영국 성공회와 로마 가톨릭적인 잔재를 개혁하고자 하였다.

이들은 도덕적인 순수성을 추구하며, 낭비와 사치는 배격하고 근면을 강조하였으므로 영국의 중산층을 형성하였다. 또한 신학적으로는 인위적 권위와 전통을 인정하지 않고, 성서에 철저히 하려는 성서주의적인 입장을 갖고 있었다.

영국은 14~15세기에 백년전쟁과 장미전쟁이라는 두 번의 전쟁으로 국왕의 힘이 점차 강해졌다. 마침 이무렵 영국은 국내적으로 대서양 교역이 활발하고 모직 물, 양모 등의 수요로 호황을 누리고, 대외적으로 스페인의 무적함대를 격파하는 등 번영을 구가했다. 그러나 엘리자베스 1세가 죽은 후 스코틀랜드에서 온 새 왕과의 불화로 내전이 일어났다.

당시 종교 개혁은 1530년에, 영국 왕 헨리 8세가 애정 없는 형수인 왕비 캐서린이 딸만 낳고 아들을 못 낳자 이혼을 원해 이혼을 반대한 가톨릭을 탈퇴하고, 교황을 배척하고 1534년 영국 교회의 모든 권력을 교황으로부터 왕에게 이동시켰다. 이혼한 헨리 8세는 앤 불린과 다시 결혼을 했다. 앤 불린은 아들을 낳지 못하고 딸인 엘리자베스를 낳고 간음죄로 처형당했다.

헨리 8세는 성공회를 세우고 가톨릭교도와 청교도들을 무자비하게 탄압했다.

영국 청교도주의는 엘리자베스 여왕 통치 초기에 시작된 개혁운동 이며, 가톨릭 신자인 메리 여왕의 치하에 영국 청교도 300여명이 순 교 당한다. 1620년에 영국의 메이플라워호를 타고 105명의 필그림 (Pilgrim)들이 미국 버지니아지역에 이주하여 미국 건설의 기초가 되 었으며, 미국의 이 지역을 오늘날 뉴잉글랜드라고 불린다.

그 외, 네덜란드 등 800명이 대륙으로 추방되었던 개신교 망명자들 이 영국에 되돌아옴으로 국왕 측과 전쟁이 일어났다. 한편 네덜란드 에 남은 집단은 '교회에 대한 이해'를 변화시키며 빠르게 성장했다. 존 번연, 찰스 스펄전, 마틴 루터킹, 빌리 그래함 등이 그들의 전승자 인 것이다. 바로 우리가 침례교도라고 하는 사람들이다.

전쟁은 처음에 국왕 측이 우세했지만 이때 영국의회의 대신 크롬웰 이 청교도를 지지하는 군대를 창설, 5년 내 영국을 장악한다. 크롬웰 은 찰스와 그의 대주교를 참수했고, 영국은 공화정으로 바뀌었다. 이 것이 청교도 혁명이다. 그러나 혁명 후 군을 장악한 크롬웰은 호국경 (護國卿)이 되어 의회를 해산하고 독재자가 되었다. 크롬웰은 청교도 혁명에 의해 스튜어트 왕조의 군주제도를 쓰러트린 것으로 영국 역사 에 기리 남을 영웅으로 추대 받는 인물이다.

크롬웰은 1658년에 사망했고 웨스트민스터 성당에 안치되어 있다.

✠✠✠ 중간 기착지 런던에서

인천 국제공항을 이륙한 지 14시간 만에 영국의 런던 히드로 공항 터미널에 도착했다는 기내 아나운서의 안내 방송을 듣고 우리 일행은 짐을 챙기기 시작했다.

사실 영국 방문은 이번이 세 번째지만 항상 안개 속에 싸인 런던의 날씨와 해적인 바이킹족의 후예라는 역사적인 사실과, 종교적인 면에서 떠오르는 선입관은 그리 마음 내키지 않는 곳이었다.

우리 일행은 '온 나라 선교회' 소속의 15명의 목회자와 장로 부부로 구성된 아프리카 우간다국의 신학대학 제1회 졸업식에 참석하기 위하여 아프리카 우간다국에 가는 일정으로 중간 기착지인 영국 런던의 히드로 공항에 도착하는 중인 것이다.

나는 영국인이나 영국나라를 생각하면 아주 좋지 않은 인연을 가지고 있어 좋은 인상을 가질 수 없다. 1980년대 중동지역의 건설 붐으로 인하여 많은 한국 건설 업체들이 참여하여, 국가 경제에 큰 역할을 하는 과정에서 영국인 기술자들이 본 공사의 주 감독 역할을 담당하였고, 이들의 비신사적인 행위로 인하여 한국의 건설업체들이 많은 어려움을 당한 기억은 잊을 수 없다.

얼굴을 맞대면 친절한 태도와 인사성 바른 태도에 호감이 갔지만, 뒤돌아서면 등 뒤에 비수를 꼽는 이중인격적인 저 섬나라 국민성에 한국의 많은 업체들이 어려움을 당한 기억이 새롭게 떠오른다.

영국, 특히 런던은 역사적으로 거슬러 올라가 보면 해적의 사령부이고, 폭약의 제조 공장이며 전쟁의 소용돌이가 넘치는 반역의 피가 근질거리는 곳이기도 하다.

그들은 한때 포클랜드 전쟁에 이겼다고 우쭐대지만 오늘날 영국의 교회들은 아파트와 공장으로 바뀌고 히피들의 난무와 마약의 만연은 하나님으로부터의 보호하심에서 멀어져가고 있다고 한다.

영국은 많은 선교사를 해외로 보냈지만 모두 실패했다. 그들은 군함을 타고 나가 침략의 앞잡이 노릇을 했고, 동인도 회사의 상선을 타고 나가 식민정책의 하인 노릇을 했기 때문에 다 실패했다고 한다.

신앙생활에 재를 뿌린 경험론의 베이컨과 경험론에 치명타를 가한 진화론의 다윈을 배출한 곳이 바로 런던이었고, 공산혁명의 교주 칼 마르크스를 길러낸 곳도 역시 런던이다.

우리 일행은 해박한 영국에 대한 지식을 가진, 그러나 영국에 대하여 불만을 많이 가진 안내자의 설명과 안내를 받으며 성 바울 성당을 지나 많은 무덤 위에 세웠다는 웨스트민스터 사원을 둘러보았다. 교통사고로 목숨을 잃은 비운의 다이애나 왕비의 죽음을 애도하는 시민들의 꽃다발 행렬이 줄을 잇고 있는 버킹검 궁전 앞을 지날 때는 많은 생각을 자아낸다.

런던의 오만한 군주 헨리 8세를 잊을 수 없다. 그는 자기의 이혼을 반대하는 로마 가톨릭 교회를 걷어차 버리고 15세기경, 자신을 수장으로 하는 교회, 즉 영국의 성공회를 창립하였다. 헨리의 오만한 모반은 바로 종교개혁에 불을 질렀고 성공회 신부였던 사무엘 웨슬리의 열일곱 번째 자녀로 감리교회(Methodist church) 창시자 요한 웨슬리가 태어났다 한다.

10여 년을 영국에 거주하며 공부하고 있다는 안내자는 장황하게 런던의 역사를 설명했고 우리는 아주 짧은 시간에 많은 것을 얻을 수 있었다. 많은 상념 속에서 하루의 일정을 마치고 숙소로 정한 브리테니아 호텔로 돌아오는 발길은 어쩐지 쓸쓸함을 씻을 수 없었다.

❊❊❊ 런던 타워브리지

짧은 일정에서 틈을 내 템스 강변의 아름다운 타워브리지에 나왔다. 이 브리지는 빅토리아 시대인 1894년에 완공되었다. 유명한 템스 강의 하류에 있는 이 다리는 배가 지나가면 다리 상판을 들어 올릴 수 있는데 그때 높이는 40m에 이른다고 한다.

다리 완성 이후 한 번도 고장이 없었다는 것이 자랑인 이 타워브리지는 영국을 찾는 관광객들이 제일 많이 찾는 명소이기도 하다.

이 브리지 뒤에는 20세기 최고의 건축물중의 하나인 타원형의 런던 시청이 나오는데, 이 시청 앞에서 장대한 런던탑과 더불어 장관을 이루는 타워브리지를 감상하며 사진을 찍는 것만으로도 영국 런던을 관광하는 일정을 마칠 수 있다.

런던의 타워브리지에서 최명근 목사님과 같이

✖✖✖ 로열 앨버트 홀

 계획된 일정과 빠듯한 일정에 로열 앨버트 홀을 외관에서만 둘러볼 수밖에 없음을 아쉬워하며 가이드의 설명에 만족할 수밖에 없었다.

 이 로열 앨버트 홀은 빅토리아 여왕이 젊은 나이에 죽은 앨버트를 기념하기 위하여 1871년에 완성해 홀의 이름을 로열 앨버트 홀이라고 짓는다. 그리고 그 홀 맞은편에 거대한 남편의 동상을 만든 후 항상 남편에 대한 사무치는 그리움을 달랬다고 한다.

로마의 원형경기장에서 영감을 받아 만들어진 앨버트 홀은 원래 30,000명 수용 규모의 거대한 원형 관중석으로 계획했으나 재정적인 이유로 5,000석 규모로 축소되었다.

이 홀은 클래식부터 현대 음악까지 연주하는 세계적인 음악 홀로서 매년 7~9월 사이에 프롬이라는 음악제가 열려 전 세계의 클래식 유행을 결정한다고 한다.

켄싱턴 궁전과 로열 앨버트 홀의 주변을 둘러보고 사진 한 장으로 만족하면서 영국을 떠나야 하는 일정이 바쁘기만 하다.

세계적인 영국 로열 앨버트 홀을 배경으로

3장

선교지를 찾아

캄보디아

1. 캄보디아에 입국하면서

2009년 6월 1일에서 5일까지 5일간의 일정으로 우리 경평 노회 교직자 수양회를 캄보디아로 정하고 일정에 들어갔다.

캄보디아는 원래 우리보다 잘사는 나라였고, 세계 7대 불가사의라는 앙코르와트 유적지는 이 나라의 과거가 얼마나 왕성했는지 실감하게 된다. 6 · 25전쟁 직후엔 기아에 허덕이던 한국에 쌀을 보내주기도 했던 나라이다.

유적지 답사 경평 노회 교직자 일행들

최근 몇십 년 동안(30년 전) 폭력적인 정치적 격변을 겪는 와중에도 세계에서 가장 크고 가장 흥미로운 고고학적 유명세를 떨치고 있는 앙코르 유적지는 규모면에서 이곳을 능가할 만한 것은 중국의 만리장성뿐이라고 한다.

관광 안내자의 안내로 처음 찾은 곳이 캄보디아의 제2도시인 씨에립의 크메르 왕국의 최대 유적지인 앙코르와트를 찾은 것이다. 점심 시간이 되어 찾은 곳이 눈에 익은 북한 음식점인 '평양 랭면관' 이다. 간판이 크게 눈에 띄며 입구에서부터 한복을 차려입은 아가씨들이 줄을 서서 친절하게 손님을 맞이한다. 북한에서 외화벌이로 운영하는 식당으로서 한국 관광객들이 주 고객으로 우리 관광객들에게 관심을 끌며 매우 자연스럽고 친숙한 분위기이다.

냉면 한 그릇에 7달러이며 한정식 등을 파는데 손님들이 식사하는 동안 북한 여종업원들이 무용과 음악을 곁들인 공연을 하고, 공연 후에는 손님들에게 친절히 접대하는 등 많은 인기를 얻고 있다.

최근 소식에 의하면 천안함 사건 이후 남북 간의 정세 악화로 '우리가 먹은 랭면이 총알 되어 돌아온다.' 라는 한인회의 구호에 따라 거의 폐업 상태라고 한다.

✠✠✠ 뼛조각이 굴러다니는 비극의 '킬링필드' 현장에서

캄보디아 하면 떠오르는 비극의 '킬링필드' 유적지는 캄보디아 수도 프놈펜 교외에 자리 잡고 있다. 프놈펜 교외에 위치한 1만 명이 묻혔다는 129개의 구덩이 흔적이 파노라마처럼 펼쳐졌다. 땅에는 하얀 돌조각 같은 물체가 굴러다닌다. 가이드가 무심한 표정으로 '사람 이빨'이라고 알려준다. 아직도 죽은 사람들의 유골조각이 채 수습되지도 않은 채 관광객들의 발에 차이고 있다.

비극의 역사를 되돌아보지 않을 수 없다

30여 년 전, 캄보디아는 온 나라가 '킬링필드'였다. 공산주의 이상향 건설의 광기(狂氣)에 빠졌던 크메르루주 정권이 200만 명을 고문하고 죽였다고 한다. 그들은 지식인과 부르주아 반동을 제거해야 다 같이 행복한 농업 공동체를 만들 수 있다고 선동했고, 중앙은행을 폭파하

고 화폐를 없애 물물 교환 사회로 되돌렸으며, 단지 안경을 끼었으니 '먹물 지식인' 일 것이란 이유만으로 사람을 처형하기도 했다고 한다.

우리 일행이 들른 이곳 프놈펜 외곽의 유적지는 당시 캄보디아 전역에 있던 수많은 수용소 중 하나라고 한다. 중앙의 위령탑엔 구덩이에서 발굴한 유골들을 거대한 유리 납골당 속에 진열해 놓았다.

금이 간 두개골이며, 도끼 자국이 선명한 턱뼈 등이 그대로 모습을 드러내 방문객들을 몹시 전율을 느끼게 한다. 이렇게까지 적나라하게 보여줄 필요가 있을까. 그러나 이것이 피해 갈 수 없는 역사의 기록임을 새삼스럽게 느꼈다.

6·25전쟁을 겪은 우리 세대는 국가의 지도자의 리더십이 얼마나

중요한 것인가를 새삼스럽게 느꼈다. 당시 우리보다 잘살며, 전쟁으로 허덕이던 한국에 쌀을 보내주기도 했던 민족이, 그 후 두 나라 운명이 역전된 것은 결국 국가 리더십의 차이가 아니겠는가?

캄보디아가 정파로 갈라져 내전을 벌이고 '모택동주의'의 관념에 빠졌을 때, 한국은 국가건설에 집중했고 크메르루주가 킬링필드의 참상을 펼칠 때인 1970년대 후반, 우리는 도로를 놓고 산업을 일구었다.

친미 론놀 정권과 크메르루주 간 내전이 촉발된 것은 1970년이었으며 우리가 경부고속도로를 완공했을 때였다.

'잃어버린 40년'을 보낸 캄보디아가 한국의 새마을 교육을 배우고자 국가 공무원들이 찾아오고, 한국에 취업을 하기 위하여 한국말을 배우고자 줄을 있는 현상을 생각하며, 우리 일행은 고색이 찬란한 과거의 유적지 앙코르 지역으로 발길을 돌렸다. 많은 것을 생각하게 하는 시간이었다.

✠✠✠ 오늘의 캄보디아

　이 나라의 정식 국명은 캄보디아 왕국이라 하고 국왕과 수상이 존재하는 입헌국이다. 수도는 프놈펜으로 수도의 인구는 120만 명 정도이고, 전체 인구는 1,400만 정도이다. 면적은 우리나라 남한의 1.8배이며, 한반도의 4/5 정도이다. 민족의 형성은 크메르족이 90%이고 베트남계 5%, 기타 중국을 위시하여 5%로 구성되어 있다. 종교는 소승불교로 국민의 문맹률은 69%이며 정치, 경제, 사회적으로 불안하고 개발도상국이다.

　지리적으로 북서쪽으로 태국, 라오스, 동쪽과 남쪽으로 베트남, 서쪽으로 캄보디아만으로 둘러 싸여 인도차이나반도에 자리 잡고 있다. 주변의 산과 동쪽은 메콩 강으로 둘러싸여 있고, 평야의 중심에는 메콩이 만들어낸 수자원이 풍부한 '톤레 사프' 호수가 있다.

　종교는 고대시대부터 캄보디아는 인도로부터 힌두교와 불교를 받아들였고, 힌두교가 보다 폭 넓게 퍼져, 앙코르 사원에서는 대부분의 유적이 힌두양식을 보이고 있고 불교양식 또한 혼재되어 있다. 불교는 처음 소개된 13세기 때는 대승불교로 시작하였으나, 지금은 소승불교로 자리매김하였다.

　동남아시아 최강의 문화를 꽃피웠던 크메르 왕조의 역사가 깃든 캄보디아는 과거 아픈 근대역사를 지닌 채 '앙코르 제국'의 부활을 위해 꿈틀거리고 있다.

2. 앙코르와트 유적지

캄보디아는 최근 몇십 년 동안 폭력적인 정치적 격변을 겪는 와중에도 세계에서 가장 크고 가장 흥미로운 고고학적 유적지로 유명세를 떨치고 있다. 규모면에서 이곳을 능가할 만한 것은 중국의 만리장성뿐이라 한다.

800년경에 세워진 고대 앙코르 시는 이때부터 1225년까지 크메르제국의 수도였다가 1431년에 타이족의 정복으로 막을 내리고, 타이족은 앙코르와트를 점령하고 도읍을 프놈펜으로 옮겼으며 오늘에 이른다.

앙코르의 유적지는 1860년경 재발견된 후로 불행하게도 잦은 약탈과 무성한 정글의 식물들에 뒤덮여 심각한 붕괴 위험에 처해 있으며 아시아 문명의 가장 위대한 성과의 상징물이라기보다는 방치된 유적의 이미지로 기억될 위험에 처해 있다고 한다.

크메르 예술의 특징이자 인도차이나 지역 전체에서 공통적으로 발견되는 독자적인 건

앙코르 유적지 중 대표적인 앙코르와트 전경

266

축, 조각 양식적인 불교적인 색체의 조류를 쉽게 발견할 수 있다.

802년에 제왕 자야바르만 2세(자바에서 태어난 왕자)가 세운 크메르제국의 수도였던 앙코르 내 40km²에 이르는 지역에 수많은 사원과 길, 다리, 인공 호수, 연못, 수로와 제방이 있었다. 복잡한 수역학 시설과 수로시설(메콩 강으로부터 수송되는 물)은 쌀농사에 물을 대고 땅을 비옥하게 만드는 데 이용되었고 부지의 중앙은 대규모 앙코르톰군이 차지했다

자야바르만 7세 치하에 세워진 앙코르톰은 사각형 평면으로 되어 있고, 벽으로 에워싸인 각 측면의 길이는 3km에 달한다. 이 주변으로 많은 사원들이 세워져 있고, 이 중에서 가장 유명한 것이 바로 앙코르와트이다.

❂❂❂ 대표적인 유적지 앙코르와트 (ANGKOR WAT)

수리아바르만 2세가 자신이 이끄는 군대의 승리를 기념하기 위해 1112년과 1150년 사이에 세운 앙코르와트는 거의 반 평방 킬로의 면적을 차지하며 200m 폭의 방어용 해자로 둘러싸여 있다.

이 사원은 신성한 산을 은유적으로 표현하고 있으며, 힌두교와 불교의 우주론에서 세계의 축에 해당하는 메루 산의 눈 덮인 봉우리들을 상징하는 4개의 탑으로 둘러싸여 있다. 한가운데에는 3곳의 동심원 모양 갤러리로 둘러싸인 중앙 탑이 65m 높이까지 솟아 있다.

앙코르와트는 다른 사원과 달리 죽음을 상징하는 서쪽으로 입구가 나 있어 건축 목적이 왕의 생전에는 신을 섬기는 사원의 역할을 하다가 사후에는 무덤으로 사용됐을 것으로 추측된다.

✖✖✖ 앙코르와트의
설계와 배치 구성

건축 설계

앙코르와트는 사원 자체가 너무 거대하여 크게 3개 층으로 나뉘어 있고 위층으로 갈수록 면적은 조금씩 줄어든다. 각 층은 외부에 회랑으로 둘러져 있고 각 층의 중앙과 모서리 부분에 상부와 계단으로 연결되어 있으며 탑의 외관은 전체적으로 연꽃 봉우리를 형상화하고

앙코르와트에 들어가면서

있으며 중앙의 탑은 다른 탑보다 조금 높은 65m로 되어 있다.

배치와 구성

앙코르와트는 성벽으로 둘러싼 사각형 구조로, 외벽은 약 200m의

보수 중인 앙코르와트 사원 앞에서

폭을 지닌 해자로 둘러싸여 있다. 성벽의 전체 길이는 약 5,5km이고 입구에서 해자 위로 연결되어 있는 다리의 전체 길이는 약 250m, 다리 폭은 12m, 두께 5m 사암으로 만들어 있다. 이러한 거대한 수치들로 후대의 사람들은 앙코르와트는 사람이 아닌 신이 만든 것이라고 생각하기도 했다.

　입구 테라스 좌우에 있는 거대한 석조 사자상은 유적을 수호하는 역할을 하고 있다. 다리를 건너면 중앙에 탑이 세 개인 고부라가 있다. 입구 안쪽에는 팔이 여러 개인 커다란 불상이 서 있는데 현재 캄보디아 사람들이 꽃, 금박으로 장식해놓고 향을 피워 숭배하고 있다.

앙코르와트의 3층 회랑

✖✖✖ 앙코르와트의 3층 회랑

앙크르 와트 구조의 3층으로 왕과 승려들만 올라갈 수 있는 신성한 공간으로 5개의 탑을 바치는 기단 역할을 하는 곳이다. 사각형으로 된 기단은 길이 60m, 높이 13m로 2층에서 약 40m 올라와 있다.

계단은 사방의 중앙에 1개, 가장자리에 2개씩 있어 총 12개이며, 이를 통해 앙코르와트의 가장 높은 부분까지 걸어 올라갈 수 있다. 각

교량을 건너면서 바라본 앙코르와트

계단은 모두 40개 층으로 구성되어 있으며 70도의 급경사를 이루고
있다.

원래 관광객들은 정 중앙에 있는 '왕의 계단'을 통해 오르내리지만
현재 이곳은 붕괴 위험으로 인해 폐쇄되었다. 대부분의 관광객은 임
시 설치하여 놓은 가설 계단을 통하여 오르내리는데 몹시 불편하고
위험하여 조심스러운 관광이 되곤 한다.

공중에서 내려다 본 앙코르와트 평면 배치 사진

3. 코끼리 테라스
(TERRACE OF
THE ELEPHANTS)

코끼리 테라스를 배경으로

코끼리 테라스는 바푸온의 입구 옆에서 문둥이 왕 테라스 직전까지 뻗어 있는데, 길이가 약 300m에 달한다. 이곳은 왕의 사열대로 맞은 편에 광장이 있다.

이 테라스는 외벽에는 주로 코끼리를 주제로 한 부조가 새겨져 있어 코끼리 테라스라는 이름이 붙었는데, 중앙과 양 끝 부분에 계단이 놓여 있어 자연스럽게 두 부분으로 나뉜다.

800년경에 세워진 앙코르 유적지는 긴 세월이 흐르는 동안 불행히도 잦은 약탈과, 정글의 무성한 식물들의 침식으로 심각한 붕괴 위험에 처해 있으며 아시아 문명의 가장 위대한 상징물이라기보다는 방치된 유적으로 기억될 위험에 처해 있다고 한다.

식물의 번식으로 인하여 붕괴되어 가는 유적지 앞에서

1200년 긴 세월이 흐르는 동안, 정글 속의 무성한 식물의 침식으로
부식되고 붕괴되어가는 세계문화유산 유적지를 배경으로

4. 바푸온 (BAPHUON)

바푸온은 원래 웅장하고 거대한 규모였으나 대부분 붕괴되어 정확한 규모는 알 수 없다한다. 프랑스 기술자들에 의하여 복구를 하던 중 1972년에 전쟁으로 인해 중단되었다가 다시 공사를 재개하여 복원중이다.

바푸온은 앙코르 톰의 왕실 도기 내부에 있지만 11세기경에 만들어졌다한다.

가장 볼거리는 작은 사각형 안에 부조가 조각된 회랑인데, 안타깝게도 출입을 금하고 있다.

바푸온 유적을 배경으로 하고

5. 바욘 (BAYON)

　바욘 사원은 앙코르와트와 함께 가장 유명한 앙코르 유적 가운데 하나로 앙코르와트보다 100년 정도 뒤에 지어졌다. 두 사원은 예술적인 면에서는 비슷하나 건축목적, 설계, 장식에서는 매우 다르다. 기초 구조와 사원의 초기 건축물은 폐허가 되어 알아보기 어렵지만 현재의 바욘은 초기의 유적을 재건축하였다. 바욘에는 미소 짓는 사면상과 외부, 내부 회랑에 나타난 부조들이 볼만하다. 특히 외부 회랑에는 당시의 일상적인 삶의 모습들을 양각해놓아 당시의 생활상을 이해하는 데 중요한 자료가 되고 있다. 원래 바욘의 주출입구는 동쪽이었지만 지금은 성벽이 대부분 파손되어 어느 곳에서나 들어갈 수 있다. 그러나 대부분 관광객은 지금도 동쪽부터 관람을 시작한다.

인공호수에 비친 바욘 사원의 전경.

6. 반띠아이 쓰레이 (BANTEAY SREI)

반타아이 쓰레이는 앙코르 유적지 가운데 가장 아름다운 사원으로 꼽힌다. 규모는 그리 크지 않지만 보존 상태가 양호하고 부조가 매우 훌륭하다. 앙코르에서 이 사원을 복원 작업을 했던 프랑스 건축가들은 이 사원을 보석에 비유하며 '크메르 예술의 극치' 라는 표현을 아끼지 않았다.

붉은색의 단단한 사암을 이용하여 나무에 조각하듯 정교하게 새겨놓은 기술이 탁월하며 다른 앙코르 사원들보다 건축술과 장식, 조각 기법 등이 인도의 것에 매우 가깝다고 한다.

이곳 건축물의 특징은 상인방 위쪽에 삼각형으로 된 박공벽에 부조된 조각들과 끝머리 장식 부조, 벽감에 등장한 입상 부조 등이다. 박공벽에는 인도 서사시의 장면이 조각되어 있다.

가장 아름다운 반띠아이 사원

4장

떠오르는 선교지

아프리카

1. 우간다 선교지

✖✖✖ 우간다 선교지에서

무한 잠재력 떠오르는 아프리카 선교여행

인천 공항을 출발하여 14시간 만에 영국 이드로 국제공항에 도착하여 하루를 머물고 다음날 이드로 공항을 이륙한 지 8시간이 지나서야 검은 대륙 아프리카 우간다 상공에 도착했다는 기내 안내 방송에 눈을 뜨고 창밖을 내다본다.

따가운 햇볕이 찬란히 비추는 광활한 아프리카 대지 위에 암흑의 세계를 마음속에 그려본다. 성경 창세기에 노아가 술에 취하여 실수했고, 이 일로 저주의 예언을 통하여 저주받은 민족인 가나안(함족: 아프리카 흑인)은 셈족(황인종)과 야벳족(유럽, 백인)의 종(노예)이 될 수밖에 없는 민족이 아닌가. 하나님으로부터 저주 받은 땅이라는 선입견이 마음을 착잡하게 만든다.

기아와 질병, 에이즈라는 신의 저주를 받은 지역이라는 통념을 가지고 이곳 우간다 공화국 엔테베 국제공항에 첫발을 내딛었다. 우리 일행들은 사뭇 흥분과 설렘 속에서 공항에 마중 나온 현지 선교사 가족과 교민들의 환영을 받으며 공항을 빠져 나왔다.

아프리카 우간다 공화국

우리가 방문하는 이 나라의 정식 국가 명칭은 우간다 공화국으로 동부로는 케냐, 서쪽으로 콩고, 남쪽으로 탄자니아로 둘러싸인 내륙국으로, 아프리카 동부의 내륙지역에 위치하며 경계를 이루고 있다. 면적 24만km²로 인구 2,400만이며 수도는 엔테베에서 캄팔라로 옮겼다.

우간다 국가는 역사적으로 불행한 국가다. 1962년 영국 식민지로부터 독립할 때 권력을 쟁취하기 위한 부족 간 분쟁이 내전으로 번져 큰 인명 피해가 발생하였고, 특히 반인도적 독재자 이디 아민이 1972년에 권력을 장악하여 탄압과 폭정으로 30만이 넘는 국민을 학살과 고문으로 추방 하는 등 그의 잔학한 행위는 전 세계의 화제가 되기도 하였다.

공항 밖으로 나오니 생각보다 시원하다. 공항에서 멀지 않은 빅토리아 호수의 영향으로 뜨거운 열사 중에서도 시원한 바람이 분다고 한다.

우리 일행을 맞이하려고 대기하고 있는 차량은 눈에 많이 익숙한 HYUNDAI 타이탄 트럭이었다. 신문지를 화물칸 바닥에 깔고 서로 마주보고 앉아 있는 모습을 상상해 보라. 2,30년으로 거슬러 올라가는 시대적인 착각이 느껴져 폭소를 금치 못했다. 비포장 된 도로변의 벌거벗은 원주민들의 환영을 받으며 곤혹스러워 했던 당시의 상황은 두고두고 잊을 수 없는 추억거리가 되었다.

현지 선교사의 말에 의하면 현지 원주민은 타이탄 트럭을 소유하고 있는 한국인을 몹시 부러워하며 지날 때마다 뛰어나와 손을 흔들며 쫓아온다고 한다.

금년 아프리카 선교의 일환으로 우리 교회를 비롯한 교회들이 '온 나라 선교회'를 결성하여 아프리카 우간다에 신학교를 설립했다. 금년 졸업식에 참석하는 일행은 감회와 뜨거운 흥분을 금할 길 없었다.

아프리카 특유의 음악과 춤으로 찬양과 경배를 드리며 시작된 졸업식 행사의 모든 순서가 축제와 환성과 박수 속에서 진행되었으며, 인

졸업식장의 현지 원주민

상 깊은 행사였다. 한편 우리들이 조금씩 바친 선교헌금이 이곳 미지의 세계인 아프리카 선교지까지 결실을 맺게 됨을 눈으로 보고, 피부로 느낄 때 자못 자부심과 하나님의 능력의 손길을 뜨겁게 느꼈다.

아프리카인들의 조직력과 지도력은 결코 과소평가될 수 없음을 유감없이 보여주었고, 우간다국의 교육부 장관을 위시한 많은 지도층과 관계자들, 그리고 원색의 원주민들의 뜨거운 열정과 기도는 멀리 날아온 우리 일행들에게 많은 감동과 영감을 안겨 주었다.

우간다 현지 주민과 함께

리빙스턴과 앨버트 슈바이처의 예를 들지 않더라도 아프리카는 지금까지 세계선교에서 중요한 피선교지역의 하나였으며 금번 '온나라선교회'에서 지원하여 배출된 현지 졸업생들은 우리나라 선교 역사상 큰 의미를 나타낸다. 이 사업이 지속적으로 확대되어 오지 지역 선교의 시범석이 되기를 바랄 뿐이다.

본 졸업식을 지켜보면서 아프리카는 분명 무한한 선교 잠재력을 지닌 지역이라는 사실을 새삼 확인했다. 무수한 선교사들의 뼈가 묻힌 이 지역의 크리스천 청년들이 선교의 세기인 21세기에는 복음을 들고 세계 방방곡곡으로 떠나는 환상과 비전을 갖게 될 것을 믿는다.

아프리카에서 3일간의 모든 일정을 마치고 우리 일행은 환대해 주

우간다 공화국 개혁 신학교 졸업생들과 함께

는 현지 선교사들과 원주민들과의 이별을 아쉬워하며 다음 일정인 케냐 나이로비로 향하는 항공기에 몸을 실었다.

✠✠✠ 데이비드 리빙스턴

데이비드 리빙스턴은 영국출신의 의사로서 1813년 스코틀랜드의 조그마한 교회에서 태어났다. 그는 한평생을 아프리카 검은 대륙 밀림지역을 걸어 다니면서 선교하다가 아프리카 복음화를 위하여 일생을 바친 위대한 선교사이며 탐험가이다.

데이비드 리빙스턴 동상

그는 아프리카의 존재를 세계에 알린 사람이며, 곳곳에서 아프리카 인들에게 진정한 구원을 가져다 줄 수 있는 것은 복음밖에 없다는 것을 설파하였다.

1873년 아프리카에서 사망한 후 그의 시체를 영국으로 옮겼는데, 원주민이 그의 심장이라도 이곳에 돌려 달라고 간청하여, 선교사의 심장을 다시 돌려보내 아프리카에 묻힌 리빙스턴의 심장은 지금도 아프리카 검은 대륙에서 숨 쉬고 있는 듯하다.

✠✠✠ 아프리카의 성자 앨버트 슈바이처

독일의 의사이며, 음악가, 철학자, 개신교 신학자이며, 루터교 목사로서 1875년에 태어났다.

29세 때 아프리카 콩고 오지에서 의료 봉사자가 필요하다는 기사를 보고 의과 대학에 진학했고, 고난 받는 자를 위하여 병원을 설립하여 병을 고치고, 영적인 구원을 위해 복음을 전했다.

또한 음악가로서, 피아니스트로서, 명성을 얻기도 했으며 1911년 간호학을 공부한 헬레네 슬라우와 결혼을 했다.

'생명에 대한 경외' 라는 그의 고유한 철학이 인류의 형제애를 발전시키는 데 기여한 공로로 1925년 노벨 평화상을 수상한 바 있으며, 1954년 11월 수상식에서 '현 세계에서의 평화문제' 라는 제목으로 행한 그의 연설은 오늘까지 명연설로 꼽히고 있다. 또한 그의 철학은 그가 중앙아프리카 서부지역의 탕바레네에서 앨버트 슈바이처 병원을 세울 때에 설립 이념이 되었던 것으로 알려져 있다.

그는 당대에 유명한 아인슈타인과 철학자 러셀 등과 함께 핵실험, 핵전쟁 반대를 위한 운동에도 적극 참여했으며, 1965년 9월 4일에 그가 그렇게 사랑하던 아프리카 람바레데 병원에서 세상을 떠났다. 오고웨 강 언덕에 그의 무덤에는 그가 직접 깎아서 만든 십자가가 그를 지키고 있다.

아프리카의 성자 앨버트 슈바이처

2. 케냐 (나이로비)

✠✠✠ 케냐의 나이로비에서

황량한 들판, 고원지대에서 맹수들과 하께 살아가는 마사이 족인 그들은 오늘도 원시적인 생활 가운데서도 행복을 느끼고 산다.

케냐인 아버지를 둔 미국의 첫 흑인 대통령의 고향이기도 한 케냐는 더욱 행복감에 젖어 있다고 한다.

본래 케냐의 지도층 인사들은 기꾸이 족인데 이들은 교육의 혜택도 받고 깨어 있는 사람들로 정치, 경제, 사회의 지도자들이라 한다.

중세기에 성행한 아프리카 노예무역은 빅토리아 호수와 탕가나카 호수 등 내륙지역 깊숙이까지 손길을 뻗쳤으나, 이곳 지역에서는 다른 부락에 비하여 피해가 적은 이유는, 마사이족의 용맹성이 노예사냥에 제동을 걸었기 때문이라고 한다.

우리는 당시의 비극의 현장인 노예 무역항을 둘러볼 수 있는 기회도 있었다. 우리 일행은 우간다 국에서 바쁜 일정 속에서 모든 행사를 잘 마치고 귀국길에 케냐의 수도 나이로비에 사파리 파크 호텔에 짐을 풀었다.

오전에 나이로비 한인 교회(정경택 목사 시무)에 참석하여 예배를 드렸다. 30여 년 전에 몇 명의 평신도들이 모여 예배를 드린 교회가

케냐 원주민 마사이 원주민들과 같이

오늘에 이르렀으며, 한인 교포와 현지 복음사업의 선교에 열정을 쏟는 모습에 머리가 숙여졌다.

목사님의 설명에 의하면 1963년 12월 12일에 독립한 케냐의 종교 분포는 기독교 82% 중 신교가 47%이고 구교가 2%라고 한다. 그 외 극소수의 힌두교와 무속신앙이라고 한다.

저녁에 사파리 파크 호텔에서 이곳에서 잘 알려진 사파리 캣츠 쇼(Safari Cats show)를 감상하기로 했다. 사파리 나이로비 최고의 무용수들이 공연하는 이 쇼는 야마쪼마라는 야생 짐승의 바비큐를 먹으며 감상하는데 그야말로 기분과 감흥이 압도적이다.

사파리 파크 호텔은 한국 파라다이스 호텔 그룹의 케냐 나이로비 체인으로 아프리카 넓은 지역에 카지노 사업으로 성공한 한국 기업인이 건립하였으며 당시 아프리카에서 이름난 명소이기도 하다.

✠✠✠ 나이로비 사파리 관광

　다음 날 우리 일행은 사파리 관광을 나섰다.

　원래 이곳 사파리 암보셀라 지역은 1948년에 수렵금지 구역으로 지정된 탄자니아에 있는 킬리만자로 산 주위 지역으로 마사이족의 생활 터전이 되었다.

　1974년에 이 금지지역의 10%에 해당하는 392km² 지역을 국립공원으로 조성하였는데 중심에 암보셀리 호수가 있어 많은 관광객들로 넘쳐난다.

　지붕 없는 오픈카에 나누어 타고 동물들을 따라 다큐멘터리에서 볼 수 있었던 장면들을 눈앞에서 접하고 나니 후련함과 경탄스러움을 표현할 수가 없다.

우리 일행을 환영하는 마사이족 주민들

사파리 관광을 마치고 우리는 마사이족의 생활 터전을 둘러보았다.

땅의 빛깔은 붉은 빛깔의 강렬함과, 그 속에서 살아가는 마사이 족들의 후예들의 삶과 생명이 오히려 신성함을 보여준다. 마을은 둥근 모양의 집들이 30여 채가 빙 돌아가며 세워져 있고, 그 가운데 빈터가 외양간인데, 소들이 풀 뜯으러 나가서 텅 비었다. 저녁이면 소들로 가득 찰 것이다.

마을 입구에 들어서니 화려한 장신구로 몸치장을 한 이들이 환영의 춤을 추며 손님을 맞이한다. 횡으로 줄을 서서 노래를 부르며 전통춤을 추는데 한사람이 번갈아 나오면서 제 키만큼이나 껑충껑충 뛰어오른다.

사냥에 나간 전사가 멀리 있는 사냥감을 찾을 수 있을 뿐 아니라 다른 부족에게 자신들의 힘을 과시하기 위한 행동이라고 한다. 이것이 마사이족의 전통적인 손님맞이 행사다.

마을 입구에서 손님을 맞이하는 마사이족 주민들

오지만 짐바브웨, 잠비아 국경의 폭포

참 고 문 헌

1. 성서 고고학 구약 편   원용국 저

1. 구약성경 이야기   김중기 저

1. 갈등의 핵 유대인   김종빈 저

1. 동유럽에서   이기중 저

1. 미국의 종말에 대한 에세이   날 우드 / 홍기빈 역

1. 성경과 다가오는 중동문제   팀 라하이 / 보이스사

1. 간추린 성서   이쿠다 사토시 / 김수진 옮김

1. 유럽 여행에 가서   손봉기 저

1. 종교개혁   빌 벡햄 / 터치코리아

1. 중근동 기독교 성지   이시오 저

1. 이슬람 문화사   최영길 저

1. 터키 성지 순례   이승수 저

1. 종교개혁지를 찾아서   경평노회 교육부

기독교의 역사적, 지리적 배경과 안내서

소아시아 **터키**에서
종교개혁지 **유럽**까지

초판 1쇄 인쇄   2011년 03월 11일
초판 1쇄 발행   2011년 03월 18일

지은이 | 이영규
펴낸이 | 손형국
펴낸곳 | (주)에세이퍼블리싱
출판등록 | 2004. 12. 1(제315-2008-022호)
주소 | 서울특별시 강서구 방화3동 316-3 한국계량계측회관 102호
홈페이지 | www.book.co.kr
전화번호 | (02)3159-9638~40
팩스 | (02)3159-9637

ISBN 978-89-6023-554-0 03810